二見文庫

人妻痴漢電車

深草潤一

目次

人妻痴漢電車

第一章　股間の手

1

階段の途中で発車のサイン音が流れた。

急いでホームへ駆け上がると、東京行き上り快速電車に、大勢の人が乗り込んでいく。いつもより遥かに多い人波を見て、高瀬《たかせ》は一瞬迷った。

――次にするか……。

だが、そうもしていられないとすぐに思い直し、ドアに呑み込まれていく群れの後方に着いた。

――なんでこんなに混んでるんだ？

高瀬はホームに表示されている発車時刻を見上げて納得した。十分あまり過ぎているので、何かトラブルでもあって止まっていたのだろう。

JR中央線快速電車の混雑は、ひと頃より緩和されたが、人身事故や信号機の故障などで遅れたときはどうしようもない。

――これは、久しぶりにぎゅう詰め覚悟だな。

高瀬弘充《ひろみつ》は五十五歳。御茶ノ水にある一部上場の機械メーカーの部長代理で、吉祥寺から中央線を利用している。

今日は朝一番で重要な会議が入っていて、そういう日に限って、妻が珍しく寝坊して朝食が遅れた。食べずに出るほど切迫してはいなかったものの、結局、ギリギリになってしまった。

次の電車でも何とか間に合うかもしれないが、会議室にバタバタ駆け込むのは避けたかった。

ようやく高瀬が乗り込もうというところに来て、車内はもう満杯に近い。

『無理なご乗車はやめて、次の電車をご利用ください！』

ホームのアナウンスも一段と声高だ。

次のにしようと諦める人も出る中、高瀬は何としても乗りたいという数人に加わる。

人と人とのわずかな隙間に、体を横向きにねじ込んでいく。

どうにか片足を載せて踏ん張ると、最後の一人にぐいっと押され、巧く乗り込むことができた。

——本当にぎゅう詰めだ。

ちょっと身動きできそうにない、久しぶりに経験する混雑だ。

冷房が効いているが、それでも夏場の満員電車はけっこうつらい。彼の目の前には大柄の男が立っているが、同性と密着するのは当然、気持ちのいいものではない。

もっとも、その男にしてみれば、横向きに体をねじ込んできた高瀬が脇にへばりついていることになる。

自分の方こそ迷惑がられているかもしれない。とにかく次の乗り降りで体の向きを変えるまでの辛抱だ。

そんなことを考えているうちに、電車が動きだした。束になったような人の塊がゆらっと動いて元に戻る。

すると、高瀬の股間に何かが当たったままになった。乗り込んだときは太腿に当たっていたが、ちょっと揺れた拍子に、ちょうど睾丸《こうがん》の下にすっぽりはまり込んでしまった。

――こ、これは……！

どうやら人の拳《こぶし》らしい。

高瀬は目の前の大柄な男に目をやる。その男も、手が同性の急所に当たっているのはわかるはずなのに、平然としている。

この気色悪い状況をどうにかしようとは思わないのか、と訝《いぶか》った。そのとき、男の手が胸元にあるのがわかった。前の若い女の背中に甲を向けた状態で埋もれているのが、ほんの一瞬だが見えた。

――ということは……。

意識を下半身に集中すると、当たった拳から手首が斜めに伸びているのが、太腿の感触でわかった。

――……前の女か!?

男の前にいる若い女に違いない。

ショートヘアだが、斜め後ろからなので顔立ちはよくわからない。髪や肌の感じでは、おそらく二十代ではないか。身長が高瀬と同じくらいあるから、最近の若い女性の中でも高い方だろう。

彼女は手に触れるモノの正体がわかっているのかいないのか——前を向いてはいるが、何やらこちらを意識しているようにも感じる。

高瀬はほどなく、彼女が腕を後ろに伸ばしている理由に気がついた。持っているバッグが、高瀬と前の男に挟まってしまい、引き寄せることができないのだ。落とさないように、懸命に握っているのだろう。

——この状態では、どうしようもないな。

がっちり固めたスクラムのようで、体をずらしてやることもできない。とりあえず、ひと駅はこのまま乗っているしかなさそうだ。

ところが、彼女を気遣いながらも、すでに高瀬の気持ちは別のところに向いていた。拳が女性のものだとわかったとたん、気色悪いのが一転して、疼《うず》くような心地よさを感じはじめたのだ。

女の手はペニスの竿の部分にではなく、下から睾丸を支え上げるように触れている。それが意外に気持ちいい。

無防備な箇所を直撃された心許なさとでもいうか、まさに急所を衝《つ》かれて降参せざるをえない感覚。もうどうにでもしてくれ、といったマゾヒスティックな気分にもなる。

ペニスに活力が満ちてくるのを感じると、久しぶりに訪れた甘い疼きに胸が騒いだ。

混んだ電車で股間が女性の体に押し当たってしまうことはよくあるが、痴漢に間違われないように体をずらすし、相手も避けようとする。

だが、これは彼女にとっても自分にとっても不可抗力だ。

――このままで大丈夫。やりたくてやってるわけじゃないからな。

そんな免罪符を得て、高瀬はますます昂ぶった。

これまで、彼はずっと真面目一徹で通してきたが、若い頃は痴漢に興味があって、〝女の尻やアソコを触れたらいいな〟と、願望だけは強かった。だが、実行する気概も勇気もなかった。

自分が周りからどう思われるかを強く意識する性分で、学生の頃は痴漢がバレたときの周囲の目を想像すると、とても実行する気になれず、満員電車でただ妄想を膨らませるだけだった。

卒業して一部上場企業に就職してからはなおさらだ。捕まれば職を失うことになるから、勤続年数を重ねるにつれて、痴漢願望はどんどん薄れていった。

それに最近は、肉体の衰えとともに性的欲求そのものが弱まっている。電車が混んでも若いときのような気持ちになることはまずなかった。

それなのに今朝は、若い女の手に触れて、ペニスは明らかに膨張しはじめている。このまま気持ちいい状態が続けば、間違いなく勃起するだろう。

——久しぶりに硬くなりそうだ。ただ接触してるだけだってのに……。

女はバッグを放すまいとして、しっかり握り直した。もぞもぞ動く手が、ダイレクトに睾丸を刺激する。

「んっ……」

不用意にも高瀬は、小さい呻《うめ》きを洩らしてしまった。一瞬、肝を冷やしたが、こんな満員電車でいちいち他人のことなど気にはしない。彼の股間がこんな状況にあることなど、誰も知らないのだ。

——いや、この女はどうだ……気がついてないのか？

高瀬の位置では表情を窺うことはできないが、もし気づいているとしたら、このどうにも身動きできない状況が、彼女の羞恥心を煽《あお》っているに違いない。

逆に気づいていなければ、もっと大胆なことが可能かもしれない。

——もっと大胆なこと……。

思いがけず若い頃の妄想が甦《よみがえ》ってくる。

だが、やはり捕まる危険性を考えないわけにはいかない。免職によって失うものは、若い頃とは比較にならないほど大きいのだ。

そんなことを考えていて、ふいに現実に引き戻された。次の西荻窪駅に着いて乗り降りで人が動けば、どうせこの体勢は解消されてしまう。

だから、終了を告げられるまで、甘美な股間の感触をしっかり味わっておくしかないのだ。

高瀬は車両の揺れに合わせて腰をゆらゆらさせた。女の手が蠢《うごめ》くのと似た効果があり、ペニスは名残惜しそうに疼いて、さらに膨らんだ。そろそろ芯が通りそうなところまで来ている。

だが、残念なことに、電車が減速すると間もなく駅のホームが視界に飛び込んできた。

2

「すみません、降ります！」

背後で声がしたが、降りるのはその一人だけだった。ドア付近の人がもぞもぞ動き、高瀬の背後の乗客がいったんホームに降りてスペースを空ける。

自分は絶対降りないと決めて、背後に余裕ができても、目の前の男にすがるように体勢を保つ。膝を少し前にやって、女のバッグを挟んだままにしたのは、ほとんど無意識の反射だった。

すると今度は、新たに乗ってくる人に押されて、人の塊がやや奥へ移動する。幸運なことに、女の拳は高瀬の内腿の間に収まったままだった。

混雑がさらに増して、密着度も高まる。高瀬は発車するとすかさず腰を揺らめかせ、睾丸の心地よさを堪能した。

ペニスは芯が通ったようで、ズボンの前が突っ張ってきた。

だが、そのせいで彼は慌てることになった。揺れた瞬間、膨張した竿の部分が前の男の太腿に触れたのだ。

――……!!

一度だけだったが、このままでは何度も接触して、場合によっては強く押し当たってしまうかもしれない。それは本当に気色悪いし、相手は自分以上に嫌がるだろう。

かといって無理をして腰を引けば、女の手からも離れてしまう。苦肉の策だが、自分の手でガードするしかなさそうだ。

高瀬はじわじわと手を移動させ、膨らんだ竿の部分だけを覆った。すぐ下に女の拳がはまり込んでいるから、もちろんそこは空けておく。

——これで万事解決だ！

いくら揺れても、男の太腿には手の甲が当たるだけ。女の手との接触は維持できる。

高瀬は再び電車の揺れに身を任せた。安堵したせいで、腰の動きが少し大きくなる。しかも、自分の手で股間を揉む結果になり、若い女の手助けを得てオナニーしているように錯覚する。

ペニスはますます硬くなり、若い頃のような勃起の予感があった。

ここ数年、妻とのセックスはめっきり少なくなり、おかげで勃起の頻度はかなり減って、立ってもあまり硬くならないのだが、思わぬ好機に巡り合い、しばらく忘れていた硬さが戻ってきそうだった。

それだけで高瀬は晴れがましい。ついつい亀頭部分を圧迫して、揺れとは関係なく揉んでみたりもした。

するとが、再びバッグのストラップを握り直した。もぞっと愛撫されたような快感が、睾丸から先端へ、そして下腹全体にも広がった。

じわじわ硬くなる肉棒をこっそり揉みながら、彼女の手にタマを押しつける。

――どうせ、誰にも気づかれないだろう。それに不可抗力だ、痴漢してるわけじゃない。

その安心感が気持ちを大きくするが、経験のない彼の中では、痴漢行為に限りなく近いので昂奮を隠せない。

調子に乗って、もう少し強くタマを押しつけてみる。すると、股間に被せた指の先が女の手に触れた。彼女の首が、こちらを気にするように微かに動いた。

――たぶん、気づいてるな……。

最初からかどうかはともかく、もう自分の手が触れているモノの正体はわかっているだろう。それでも引っ込められない状況をどう思っているのか――彼女の気持ちを想像すると、いっそう烈《はげ》しい昂ぶりを覚えてしまう。

ついにペニスは、めざましい硬さでいきり立ってきた。手で覆っていなければ、男の太腿に直接押し当たるのは避けられず、間違いなく不審の目を向けられてしまう。

それでなくても彼は、横の男の手がずっと触れていることが気になりはじめている様子だ。チラッと横目を流してくるが、あるいは女の手の位置に気づいたのかもしれない。

——体勢を変えようなんて、思わないでくれよ。

この混雑でそんなことをすれば、周りの乗客の注意を引きつける結果にもなりかねない。それだけは避けたかった。

高瀬はできるかぎり仏頂面を作って、至福の時間ができるだけ長く続くことを祈った。

その思いが通じたのか、男は体をずらそうとすることもなく、幸運な体勢はまだ続いた。

もっともそれは、次の荻窪駅に到着するまでだとわかっている。地下鉄丸ノ内線と接続しているので、降りる人が多いのだ。乗ってくる人も多いが、身動きできない状況は乗降時にいったん解消される。

残りわずかとなった甘美な感覚を、心ゆくまで味わおうと、高瀬は全神経を股間に集中させる。睾丸で女の手を感じつつ、ガチガチになった肉棒の硬さを誇らしい思いで確かめる。

やがて電車が荻窪駅に滑り込むと、降りる乗客が体の向きを変えようとする。どうやら前の男も降りるようだ。

停車してドアが開いたとたん、人の塊が崩れて高瀬の前に隙間ができる。すると、女の手がゆっくり離れていった。

普通なら気持ち悪がってすぐに手を引っ込めるところだが、そうではなかった。名残を惜しむかのように、ワンテンポ遅れていた。

――いまのはなんだ。ひょっとして、この女も愉しんでたのか……。

意外な発見に心が躍る。これで終わりではなく、まだ続きがあるかもしれないと期待が膨らんだ。

彼女がチラリとこちらを見た。どんな男か確認したのだろう。ほんの一瞬だったが、初めて女の顔が確認できた。二十代後半だろう。いかにも真面目そうな日本美人といった感じで、図書館の受付にでも座らせると似合いそうだ。

そんな女の手が股間に触れていた。しかも、彼女もそれを愉しんでいた可能性が高いという意外性にそそられるものがあった。

降りた客はけっこういたが、ホームに目をやると、乗ってくる人数も多い。また混雑するのは確実だ。さっきの体勢を再現するのは無理でも、彼女のヒップに股間を密着させればまだまだいい思いができる。

それは不可抗力ではなく故意でやることだから、たとえ手で触らなくても痴漢行為になる。躊躇《ため》いがないわけではないが、後ろから押されて仕方なく、という言い訳は可能だ。

いつにない昂ぶりに後押しされて、高瀬は女の背後に立った。視線を落とすと、ズボンの前がこんもり盛り上がっている。彼女のヒップのど真ん中に狙いを定めると、脚に少し震えが来た。

発車のサイン音とともに、人の気配が背後から押し寄せる。押されるままに女と重なり、肉棒は巧くヒップの中央に収まった。

膝上のスカートはあまりタイトではない。おまけに女の方が腰の位置が高いから、ぐいぐい押されると、肉棒がヒップにはまり込んでいく。

夏の薄いスカートなので、尻肉の感触がもろに感じ取れる。ぷりっと突き出した円い双臀に、竿もタマもすっぽり包まれるような、何とも言えない心地よさだ。

——こ、この柔らかさ……たまらん！

肉棒だけでなく、太腿から鼠蹊部、下腹全体に柔媚な尻がぴったり密着している。一応、アリバイ的に手は腰の上にあるが、下半身は後ろからぴったり重なっている。

脚の震えは、いつの間にか止まっていた。願望ではなく、実際にやったことで腹が据《す》わったようなところがあった。

3

女はやや俯《うつむ》き加減になった。背中に緊張感を漂わせている。尻に意識を集中しているのだろう。

だが、嫌がったり逃げようとする気配はいまのところない。

高瀬は車両の揺れに合わせて、腰をゆらゆら振り動かした。窪みにはまったペニスが、双臀を右に左に押し広げながら、さらに奥へとめり込んでいくかのようだ。

ふいに尻が、きゅっと締まった。意識してやったわけではないだろう。だが、ペニスをソフトに挟み込んで、まるで歓迎してくれているみたいだ。

気をよくして今度は、前後に腰を揺すってみる。動きが大きくなると周りに怪しまれるが、つん、つん、つん、と小さく突くぐらいなら、車両の揺れでごまかせる。

その程度のことでも、電車の中でやると異様に昂奮させられる。立ったままバックでセックスしている感じなのだ。

一瞬だけ見えた女の顔を思い出し、裸体を想像しながら揺れに身を任せる。

すぐに要領がわかって、動きがリズミカルになった。女に挿入しているイメージで抽送のリズムを真似ると、いっそう猥褻感が強くなる。

突然、車両が大きく揺れて、立っている乗客がいっせいに傾いだ。高瀬はその瞬間、ぐいっと強く腰を突き出していた。意識してやったのではなく、腰が勝手に動いたのだ。

――おっ、この感じ！

本当にセックスしているように錯覚して、声が洩れそうになった。

すぐに元の小さな動きに戻ったが、女も尻を押しつけているように感じられる。頬もほんのり上気しているようだ。

見ず知らずの女なのに、二人してこっそり車内で淫らな遊戯に耽っているような気にもなる。

いまの強く突いたときの気持ちよさが、なかなか頭から離れなくて、もう一度あんな揺れが来ないかと期待しながら、小刻みに腰を前後させる。

するとまた、さっきほどではないが、ぐらっと来た。

すかさず今度は意識して、ずんっ、ずんっ、と突いた。

女は前のめりになりかけて、踏ん張るように尻を押しつけてきた。高瀬はしばらく股間を突き出したままにした。

強く密着させた状態で、さらに左右に揺らす。接触感をじっくり味わおうと、ゆっくり腰を揺らす。

自分がずいぶん手慣れたことをしているようで、昂奮と充足感が相乗効果で高まるが、実際はただ夢中でやっているだけだった。

頭の中はすっかり疑似セックス状態で、本能に衝《つ》き動かされている感がある。少なくとも、この状態で女は嫌がっていない、という安心感がそうさせる。

彼女も愉しんでいるのでは、という思いはさらに強く、

――手で触っても平気なんじゃないか……。

ふとそんなことが脳裡をよぎる。

だが、決心がつかない。

股間を押しつけるだけなら、この混雑でやむをえないとも言えるが、手で触ったらもう言い逃れできない。「やめて」のひと言で、一部上場企業の職を失うことになる。

ペニスを押しつけて愉悦にひたりながらも、次の大きなステップを踏めないジレンマをどうしても感じてしまう。

やがて電車は阿佐ヶ谷駅に到着した。

誰も降りないようで、車内はまた身動きできない状態になった。密着したまま揺れに任せるだけで、それ以上の動きは難しい。心地よい圧迫感はずっと続いているが、だんだん焦れったい気持ちになる。

手は腰の上、お腹を抱える位置からまったく動かせない。もし、阿佐ヶ谷に着く前にだらりと下げていたら、いま頃は女の尻にぴたっと貼りついているはずだ。

それも〝不可抗力〟で。

——なんて惜しいことを！　もっと早く気づいていたら……。

あとの祭りと諦めて、甘美な圧迫感を堪能するしかなさそうだ。それでも充分気持ちいいのだが、スリリングな昂奮が少しずつ和らいでいくのは仕方ないことだった。

次の高円寺でさらにぎゅう詰め状態になり、鼻先が女の髪に触れた。出かける前にシャワーを浴びたらしく、微かに湿った髪の匂いがする。

高瀬は深く息を吸い込んだ。濡れた裸体をバスタオルで包んだ姿が想像できる匂いだった。

ぶつかるのを避けるふりをして頭を傾け、頰で髪に触れる。というより、そっと頭部に接触した。くちびるが耳に触れそうに近く、背後からキスを迫っているみたいだ。

——混んでるんだから、仕方がない。

コロンの甘い香りはずいぶん控えめで、何となく彼女の性格まで想像できるようだ。

ゆっくり深い呼吸を続け、吐く息が女の耳や頭皮にかかるよう、ほんの少し顔の向きを変えてみた。

とたんに女の背中が強張り、尻肉も引き締まった。

偶然だがペニスも脈を打って、粘液が洩れるのを感じた。ずっと勃起状態が続いているから、まだまだ洩れるかもしれない。

ほどなく、彼女の背中から静かに力が抜けていった。ここまで密着されて嫌がる気配を見せないのは、この女も密かに昂ぶっているのではないか——都合のいい解釈で自分を後押しする。

　しだいに遠慮がなくなって、高瀬は女の頭にしっかり頬を押し当てた。くちびるにも髪が触れ、舌を出せば耳を舐められそうだ。若い頃、満員電車に揺られながら、そんな妄想で昂奮したことが何度もあった。

　念のため、この超接近状態を見られていないか、高瀬は横目で様子を窺った。

　隣は背の低い中年男だったが、混雑のせいで息苦しそうに顔を上向けている。こちらを気にするどころではないようだ。

　その向こうの若い男は、イヤホンをして俯いている。

　他も見られる角度には誰もいなかった。

　高瀬は安堵して、女の頭皮の熱を頬に感じながら、妄想の世界に戻っていく。

　そこで彼の指はスカートの中に侵入して、秘めやかな部分を這っている。女は感じてしまって抵抗できない。周囲の目を盗んで耳を舐めると、びくっと体を硬直させ、太腿で指を締めつける――そんなことを考えながら、閉じた口の中で舌をれろれろ動かしてみた。

　小さな揺れが連続して、快楽の波はじわじわ高まっている。ペニスがまた脈動して、粘液が洩れた。

これで腕を下げた状態だったらどんなにいいだろう。

――逃がした魚に限って大きいってことだ。

ふいに電車が減速してガクンと揺れた。ペニスがむにっと揉まれ、心地よい波動がさらに広がった。

車内に中野駅到着のアナウンスが流れる。〝中野〟と聞いたとたん、脳裡に閃くものがあった。

地下鉄東西線の始発駅でもあるので乗り降りが多く、いったん空いてすぐ満員になる。絶好のチャンスが来たと高瀬はほくそ笑んだ。

4

停車してドアが開くと、ぎゅう詰めの苦痛から束の間解放されて、車内の空気が緩んだ。

だが、高瀬は緊張している。女が降りないとわかって、位置取りをしくじらないよう、慎重に間合いを計る。

彼女は今度は振り向かなかった。というより、振り向けなかったのだろうと高瀬は推測する。ほんのり上気した顔を向けるのは恥ずかしいに違いない。

少し横に動いて手摺りに摑まったので、高瀬も移動する。押されてちょうど背後から重なる位置をキープして、乗り込む人の波を待つ。

もちろん、両手はだらりと下げた。そのまま密着すれば、ペニスが尻の割れ目に埋まり、両手が尻の左右に貼りついた恰好になれる。新宿まで夢のような時間が訪れるだろう。

背後に迫る乗客に押され、高瀬は一歩、二歩、前に進む。再び背後から重なり、ヒップの中央に股間を持っていく。

——よし、巧くいった。

と思った瞬間、斜めに押されて体勢が崩れる。咄嗟に踏ん張るが、なおも押されて彼女の真後ろからずれる。

手摺りに摑まろうかと思ったが、せっかく下ろした手を持ち上げるのは惜しい。迷っていると、ちょうど半身分ずれて、ペニスは尻の横に外れてしまった。

悔しい思いで歯噛みするが、それはほんの一瞬のことだった。半身だけずれたことで、はからずも手が双臀の狭間にぴったり収まったのだ。

――こいつはいい！　偶然にしては、出来過ぎてる！

高瀬は快哉《かいさい》を叫んだ。

手の甲を当てた形で、人差し指の付け根がちょうど割れ目の中央にある。初めての経験に、手が震えそうだ。

その手には後ろの男のバッグが強く押し当たっていて、下手に動かすとかえって怪しいことになる。

――やりたくてやってるわけじゃない……ってことになるな。

都合のいいエクスキューズが頭に浮かぶ。まさに理想的な状況だった。手が震えないよう、落ち着けと自分に言い聞かせる。

女は俯いて、高瀬を避けるように顔の向きを微妙に変えている。

どんな表情をしているか見てみたいが、この頭の角度が羞恥を表しているようでそそられる。

電車が動きだして、体勢の微調整が可能になった。

高瀬はすかさず腰を女の方に向ける。

尻から外れてしまった肉棒を、横から押しつける。

――意外と気持ちいいじゃないか！　いや、むしろこっちの方がいいか……。

尻の外側は柔らかさではやや劣るものの、当たって擦れるにはちょうどいい感触だ。触れているのがペニスの真裏でなく側面というのも、思いのほか気持ちよかった。

揺れるのに任せてゆらゆら振り動かしてみると、ペニスがブリーフに心地よく擦れる。

ぐいっと強く押しつけると、硬く直立した肉棒を、横へ押し倒すように尻肉が圧迫してくれた。馴染みのない感覚だが、新鮮な心地よさだ。とりわけ亀頭の側面が気持ちいい。

そう思っているうちに、腰が勝手に上下動を始めた。細かい動きでも巧い具合に擦れる。体というのは自然に気持ちいい方に向かうものだ。

尻の割れ目に当たっている人差し指が、ほんのり熱を感じている。スカートの中に熱が籠《こ》もっているようだ。

人差し指を反らせて割れ目に押し込むと、さらに熱く感じられた。スカートがややゆったりしたものでよかった。タイトなスカートだったら、たぶんこうはいかないはずだ。

昂ぶる胸を抑え、指をそろそろ動かしてみる。

付け根に近い部分が柔媚《じゅうび》な円みを感じ取ったが、指先は内腿から浮いているスカート地をただ擦るだけだった。もっと奥へ押し込めたらいいのに、それ以上は難しい。

だが、手の甲全体を動かしてみると、柔らかな肉感がよりはっきりした。揺れに合わせてゆらゆら蠢かせ、さらに強く押しつけると、双臀を割り広げる感じがしていやらしい。

初めて味わう感覚に、高瀬は夢中になった。やりたくても勇気が出なくてやれなかったことを、はからずもこの歳になって経験できた。望外の歓びと言っても過言ではない。

ところが、いったんやってしまうと、しだいに手の甲だけでは物足りなくなってくる。それ以上のこともできそうな気がするし、せっかくのチャンスだから、という思いも強い。

高瀬は後ろの男のバッグを押しつけられたまま、手首をじわじわ捻《ひね》って、人差し指と親指で触れる状態まで持っていった。

さすがに手のひらで触る勇気はないが、それでも人差し指の先端が、太腿と尻の境目の急なカーブに触れた。

その瞬間、初めて自分の意志で触ったことを強く意識して、心臓の鼓動が速まった。

スカートが本当に薄い生地だというのがあらためてわかる。尻たぶの柔らかなカーブをなぞってみると、直接肌に触れているような感触に目が眩《くら》みそうだ。

もう少し上までなぞると、下着の縁に触れた。

——パンティだ……。

まるで童貞少年のように感激する高瀬がいた。

妻の下着なら、それこそ飽きるほど触っている。もっとも、ここ数年は触れていないのだが、それはともかく、いまさら女性の下着に触ってこれほど感動するとは思わなかった。

しかも直接ではなく、薄いスカート越しにショーツの端に触れただけなのに、勇気を奮って冒険をしたような達成感があった。

俯いていた彼女の頭がわずかに動いて、後ろを気にしたようだった。しかし、とりたてて嫌がる素振りはない。

下着のラインは角度が急で、親指の先でさぐってその延長に触れることができた。人差し指を少し奥へずらすと、クロッチ部分の厚みを感じる。

そこまで触れてしまうと、もっと奥まで辿って行きたくなる。しっかり手首を返して、手のひらで触りたい衝動に駆られる。

痴漢と疑われる状態から、完全な痴漢に変わる行為だから、もう言い逃れはできないが、

——この女なら、大丈夫では？

という思いは強くなっている。

仮にこれ以上は嫌だというなら、態度でその意志を伝えてくるような気がする。ここまで拒まずにいたのだから、まさかいきなり声を上げることはしないのではないか。

こんなチャンスに遭遇することは、この先、二度とないかもしれない。ここで諦めたら一生後悔しそうだ。

高瀬はようやく決心するところまで来た。幸いなことに、後ろの男のバッグが手に当たっているため、手首を返して触っても悟られる心配はない。そのことも強く背中を押してくれた。

彼女の様子を観察しながら、高瀬はゆっくり手首を返していく。胸の鼓動はますます速まっている。

5

拒む素振りを見せるかどうか、慎重に見極めながら、少しずつ返していく。

やはり、嫌がる様子はなさそうだ。

それでも高瀬の手は震えてしまう。口の中はカラカラに乾いている。いったん手を止めて、深呼吸して心を落ち着かせた。

親指の付け根が割れ目に埋まり、さらに手のひらが尻の円みに接触する。恐る恐るといった感じで尻肉を包んだ。

——こ、この感じ……おおおっ！

高瀬はその瞬間、世界が変わったように感じた。

手の甲と手のひらでは、これほど感覚が違うのかと驚かされる。

薄いスカートの生地とすべすべした裏地、その下のショーツも薄いようだし、さらに尻肉の柔らかさまでが、信じられないほどはっきり感じ取れるのだ。

感激にひたるあまり、しばらくは触れたまま何もできずにいた。

ようやく我に返って、女を観察する。

じっと身を固くしたままだが、嫌なことを我慢しているようには思えない。このまま様子を見ながら触って、少しでも変化があったらすぐやめればいい。

――たぶん、新宿までこのまま行けるんじゃないか……。

高瀬は力を抜いて触れているが、後ろからバッグが押し当たっているせいで、しっかりと摑んだ状態に近い。

そろりと小さく撫でてみると、尻肉が手に貼りついて一緒に動いた。その柔らかさは絶品で、手の中で溶けてしまいそうだ。

昂奮はさらに高まって、またペニスが脈を打った。もう、ブリーフに粘液がたっぷり染み込んでいる。

もっと強く押しつけても、相変わらず彼女はじっとしている。

尻たぶをやんわり揉んでみると、搗《つ》きたての餅のように柔らかい。あまりに心地よくて何度も繰り返すうちに、彼女の俯く角度が大きくなった。

痴漢をしている実感は、揉んだことでますます強まっている。

高瀬は股間をさらに彼女の方に向け、腰骨の後ろ側にペニスの真裏が当たるようにした。硬直しきった肉棒でぐいぐいやりながら、同時に尻を揉みあやす。

強引なやり方で辱《はずかし》めている気もするが、彼女がじっとしているのを見ると、混雑に紛れて二人でこっそり淫戯に耽っているようでもあった。

尻たぶを揉みながらもう少し奥を窺うと、谷が深まる手応えを感じた。

――もうちょっと行ければ……。

秘めやかな部分まで届きそうだが、スカートが突っ張ってしまって、そこが限界だった。

残念な思いで揉みあやし、勃起を押しつけながら、再び彼女の髪に頬を当てて深く息を吸い込んだ。

控えめな甘い香りはもうすっかり鼻に馴染んでいて、見ず知らずの他人という感じがしない。満員の車内で、示し合わせて痴漢遊戯をしている感はますます強くなる。

腰つきだけは露骨にならないよう注意しなければいけないが、いまはあまり動かなくても気持ちいい状態にあった。

ずっと勃起が続いているせいで、粘液がたっぷり洩れて、ブリーフの内側がぬるぬるになっている。電車の揺れに身を任せれば、強く押しつけているだけで充分に快感が得られるのだ。

とりわけ亀頭の気持ちよさは格別だった。目一杯膨らんでいるので、押し潰すくらい強く当てると、ぬめりの効果が抜群だ。

手摺りを握る彼女の手を見ると、ぎゅっと力が籠もって、うっすら筋が浮いている。懸命に何かを堪えている風情だが、もしかすると、

——気持ちよくて、声が出そうになってるとか……。

勝手にそんな想像を膨らませ、昂ぶりにいっそう拍車がかかった。

信じられないくらい亀頭が大きく張っていて、彼女もそれを感じているはずだ。勢いづいて、押しつけがさらに力強くなる。尻を揉む手つきもいやらしく、こねまわしている感じだ。

もうすぐ新宿駅なので、これで終わりかもしれないと思うと、気持ちに歯止めが利かなくなる。とにかく双臀の感触を味わうだけ味わっておきたい。

そんな思いでいると、ふいに車両が大きく横揺れした。ホームに入る手前の、ポイントの切り換え箇所を通過したようだ。

大きな揺れのせいで、押しつけていたペニスは尻の柔らかな部分からずれて、横の腰骨に近いあたりで、ぐにゅっと強く擦れた。

その瞬間、火花が散るような快感に見舞われた。

「うっ……」

思わず声が洩れてしまい、ペニスが逞しく脈動するのと同時に、とろっと熱いものが吐き出されるのを感じた。

勢いはなかったが、粘液ではなく精液だとわかった。

——まさか……!!

いくら何でも、電車内で射精してしまうとは思いもしなかった。

驚きと同時に、言い知れぬ昂奮を覚える。

だが、栗の花の匂いが漂わないか、すぐにそのことが懸念された。

女が射精に気づいたかどうかはわからない。それよりも、とにかく早く電車を降りてトイレに直行だ。

停車してドアが開くと同時に、人を押し退《の》けるように降りる。

足早にトイレに向かい、空いていた個室に籠もると、ブリーフに付着した精液を拭《ぬぐ》って後始末をした。

きちんと拭《ふ》いた後も、ペニスはしばらく太いままの状態が続き、高瀬は女の尻肉の感触を思い出してボーッとしていた。

おかげで朝一番の会議に遅刻してしまったが、それがどうでもいいことに思えるほど、甘美な衝撃体験は彼の心をしっかり摑んで放さなかった。

第二章　ショーツラインの内側

1

——驚いたな。まさかあいつが痴漢なんて……。

超満員の中央線快速電車の車内で、村川孝造《むらかわこうぞう》は意外なものを目にしていた。大学の同級生だった高瀬が、若い女の背中に貼りついて、いかがわしいことをしている。

高瀬がすぐ近くにいることに気づいたときは、別の車両に移ろうと思ったが、様子が妙なのでさり気なく見ていると、どうやら股間を押しつけているらしいとわかった。

女の様子から間違いないと踏んだ村川は、急に興味が膨らんだ。

学生時代の高瀬は真面目一徹で、彼は内心苦手にしていた。友だちと羽目を外してバカ騒ぎするとき、その輪に加わることもなく、離れて眺めているような男だった。

また、気が弱いくせに妙に弁が立つところがあって、何か問題が起きてクラスで論争になったりすると、村川は必ず言い負かされるのだ。

とりたてて高瀬を毛嫌いしたわけではないが、友だちという意識は薄かった。たまたまクラスが一緒というだけで、それ以上でも以下でもなかった。

ところが、昨年、吉祥寺に引っ越してから、街中や駅でたまに彼を見かけるようになった。

同じ街に越してきたのを後悔することはないが、見かけても声はかけずにすぐその場から離れる。

懐かしがって話をしたいとは思わないし、挨拶だけして通り過ぎるのも妙なものだからだ。

ただ、彼が一部上場企業の管理職に就《つ》いていることは噂で知っていて、それで引け目を感じているのは事実だった。ちなみに村川は、大学を出てから中小の服飾メーカーをいくつか点々としている。

今朝はその高瀬が痴漢している現場に居合わせたのだから、奇遇というより妙に縁があるのかもしれない。

村川自身、若い頃はよく痴漢をしていたが、一度捕まってからはかなり控えめになったし、最近は関心も薄れてすっかりやらなくなっていた。

それが、かつての同級生の様子に興味をそそられ、彼の痴漢行為がどんなものか、じっくり見てやろうという気になっている。

——あいつ、慣れてないのか……。まあ、そうだろうな。

俯いた女の様子を見ていると、拒む気はないとわかる。そこはかつての経験から自信を持って言える。にもかかわらず、高瀬は確信が持てないのか、恐る恐るといった感じを受ける。

真面目なやつこそ頭の中では何を考えてるかわからないもので、彼が痴漢の欲求を膨らませても何の不思議もないが、やはり気弱なだけあって、経験はほとんどないのだろう。

下手なことをして周りにバレて、捕まったりすれば面白いと思う。反面、それはさすがに可哀相だという気もする。

村川が痴漢をやって捕まったのは二十代の終わり頃だったが、かなり反省している態度を見せたし、初犯ということもあって会社には報せないでおいてもらえた。

だが、いまは取り締まりが厳しいから、高瀬がもし捕まったら一発で失職は間違いないし、離婚ということもありえる。

——まあ、それはともかくとして、アイツどこまでやってるんだ……もしかして、触ってないのか？

高瀬の肩が少しも下がっていないので、秘部まで手が届いてないのは間違いないが、もしかするとろくに触ってないのかもしれない。

押しつけだけだとしたら、もったいないことだ。俺ならたっぷり愉しませてもらうし、女を愉しませてやれるのに——などと若い頃を思い出す村川だった。

やがて電車は中野駅に到着して、乗り換えや下車する人が開いたドアの方に向きを変える。ぎゅう詰めだった車内に隙間ができる瞬間を見逃すまいと、村川は高瀬を注視した。

と、彼が腰の上にあった手をだらりと下げるのが目に入った。

——やっぱり触ってなかったか。なんてもったいないやつだ。

だが、女にまた密着しようとしているのを見て、ようやく触る決心がついたらしいとわかった。

そこで村川は、ちょっとした悪戯を思いついてニンマリする。

すかさず高瀬に近づくと、再び満員になるのを見計らい、横から押して邪魔してやった。

必死になって女に食らいつくのを見たかったのだが、案の定、余裕のない彼は、相手が学生時代の同級生だと気づくこともなく、ムキになって足を踏ん張る。その必死さが滑稽に思えた。

だが、村川自身も押し込まれて、ショルダーバッグで彼の手を女の尻に押しつけてやる結果になった。

もっとも、それはそれで面白い成り行きではあった。

電車が走りだすと、高瀬の昂奮ぶりが間近でよくわかった。心拍がかなり上がっているのが伝わるし、手も震え気味だ。

女の髪に鼻を近づけて、たっぷり息を吸い込むが、ゆっくり深呼吸して落ち着こうとしているようでもあった。

しばらくすると、ついに手のひらで触りだしたのが、バッグ越しにもわかった。

村川は女がどの程度感じるか、その様子に注目した。

ところが、俯いてじっとしていただけで、これといった反応は窺えない。緊張が快感に変化しそうな気配が、なかなか見えないのだ。

おそらく高瀬は、手のひらで触るのがやっというか、それで満足してしまって、女を気持ちよくさせることまでは考えてないのだろう。

慣れない男が必死にやっているのだから仕方ないが、拙い痴漢は何とも焦れったいものだ。自分が代わりに触りたくなってしまう。

村川は警察に突き出された後は、軽い押しつけ程度でずっと我慢してきたし、最近はそれすらやらないから、手のひらで触る感触やスリリングな昂奮は、かなり遠いものになっている。

それが高瀬のおかげで妙に気持ちが疼いてきた。何しろこの場で自分も手を出そうと思えば、何とかなりそうな体勢なのだ。

しかし、できればそれは避けたかった。高瀬に自分のことを気づかせる結果になるかもしれないからだ。

焦れに焦れた末、彼は高瀬の拙い行為をおとなしく見守ることにした。

しかし、やはり高瀬は、新宿に到着するまで女を感じさせることもなく、夢中で触り続けるだけだった。

2

夕刻、仕事を終えた村川は、原宿駅のホームで家とは逆方向の山手線に乗った。渋谷駅で降りると、長い通路を埼京線のホームへと向かう。

久しぶりに乗る埼京線だ。次の各駅停車が行ったあとに、激混みになる川越行き通勤快速が来る。しだいに気持ちが盛り上がるのを愉しみながら、ゆっくり歩いていく。

今朝、高瀬の稚拙な痴漢を観察しながら、最後まで手を出さずにいたせいで、仕事中に思い出して何度も股間を疼かせることになった。

完全にOKだったあの娘は、一見すると真面目で清楚なイメージだが、けっこうエロいことを想像したり、やったりしているに違いない。

それなのに高瀬が中途半端なことをしたから、いま頃、悶々として仕事が疎《おろそ》かになっているのではないか——そんなことまで考えて、村川自身がうずうずしてしまった。

それが仕事が終わるまで尾を引いたので、久しぶりに埼京線で〝道草〟して帰ることにしたのだ。

　そのときは、ちょっと押しつけを愉しもうという程度の軽い気持ちだった。

ところが、埼京線のホームまで歩いていく途中で、昔の悪い虫が騒ぎはじめた。今朝の高瀬のぎこちなさを思い浮かべていて、かつて自分が痴漢をやりはじめた頃のことがオーバーラップしたからだ。

　触っても平気な女かどうか、なかなか見極めがつかなくて失敗も多かったが、たまに触れると烈しい昂奮に見舞われた。少しずつ熟達していく自分を感じて、陶酔感にひたったりもした。

　その頃、通勤に使っていたのが、埼京線の前身である赤羽線だ。池袋と赤羽を往復する短い路線だが、いまと同様、朝夕は超満員の混雑だった。

　痴漢の魅力に取り憑《つ》かれたのは、その赤羽線から埼京線に変わる数年間だから、甘美な思い出も苦い記憶もいっぱい詰まっている路線だ。

　夢中になっていた当時の気持ちを思い返しながら、村川は階段を下りる。

各駅停車が出たあとのホームに、早くも人の列が伸びはじめていた。並んでいる女を素早く見回すが、これといってピンと来るのがいなかった。

村川は立ち止まって、携帯メールを読むふりをした。次々に通り過ぎる女を、視線だけ上げてチェックする。

目に留まったのは、襟無しのショートジャケットを着た、三十代半ばと思しきＯＬだった。ボックスプリーツのスカートは、膝上十五センチくらいだろうか。夏でもきちんとジャケットを着ているところを見ると、営業職かあるいは管理職なのかもしれない。

目鼻立ちがくっきりしたかなりの美形で、一見すると気が強そうだが、意外と押しに弱いタイプではないかという期待もある。

――あの女、ちょっと無理だろうか……。

培ってきた経験は、七分三分くらいで難しいと言っている。もっと可能性の高い獲物が見つかるかもしれない。だが、その三分に賭けたくなる女だった。

その女が先頭から二両目の列に並んだのを見て、村川はすかさず歩きだした。先頭車両に次いで混み合う位置だから、わかっていて並んだとすればチャンスはあるかもしれない。

村川は若い男を一人挟んで女の後ろに並び、肩よりやや短いストレートヘアと、ときおり見せる横顔をじっくり眺めた。一日の仕事を終えた気怠い雰囲気に、妙に艶めいた匂いを感じるのは気のせいだろうか。

ヒップがぷりっと突き出して、股間を押しつけると気持ちよさそうなのでうずうずしてくる。つい手触りまで想像させる魅惑のカーブだった。

——そうか、人妻ＯＬか……。

髪に手をやったとき、薬指の指輪が目に入った。夫婦ともに仕事で疲れて帰って、夜の生活が間遠になってたりはしないか。そんなことを考えてしまう。

やがて、ホームのアナウンスが通勤快速の到着を告げた。

電車がスピードを落として入って来る。

緊張感と期待感が一気に高まる、このわずかな時間が彼は好きだった。周囲の動きを警戒しながら、女の背後を取るタイミングを逃さないよう、渾身の気合が入る瞬間だった。

ドアが開いて、人の列が車内に吸い込まれて行く。幸いにして、近くにその女を狙っているようなやつは見当たらない。

村川はさり気なく若い男の前に出て、女の真横に並んでドアに向かう。

焦って早く背後についてはいけない、と彼は肝に銘じている。ドアの幅が限られているところへ大勢が乗り込むから、後ろにいると大事なところで後れを取ってしまう確率が高いのだ。

村川はその女と一緒にドアの前まで進むと、女に先を譲るようにして、すかさずその背後に体を入れた。

――いいねぇ！　オレもまだまだ捨てたもんじゃないぞ！

位置取りに成功して、内心自画自賛の村川だ。久しぶりの〝埼京線参戦〟にしては上出来と言っていい。

激混みの通勤快速といっても、渋谷ではまだ少し余裕がある。本格的になるのは次の新宿からだ。

そのときまで真後ろをしっかりキープしておけばいいのだが、村川は一応様子を窺うことにしている。もし可能性が高そうであれば、新宿でぎゅう詰めになる瞬間に、より大胆な体勢を狙えるからだ。

電車が走りだしてから、女のヒップに太腿をほんの軽く触れさせてみた。股間ではなく太腿というのがミソだ。感触の違いはヒップでもわかるから、いきなり股間で行くよりいい。

女は気づいて、ドアのガラスに映っている背後の男をチラッと見た。

村川はわずかに間を置いて、もう一度同じことを繰り返す。二度目は〝偶然じゃなくて痴漢ですよ〟という挨拶だ。

これで警戒心を見せなければ、即安全とは言えないまでも、その可能性はぐんと高まる。

女は期待通り、立ち位置をずらすこともなかった。

村川はほくそ笑んだ。今度はもう少し間を置いてから、太腿で横にすっとかすめてみる。ヒップの表面を掃《は》くような軽いタッチだ。

再びガラス越しに女と目が合うが、やはり離れようとはしない。

――これは行けそうじゃないか……。

期待感がいっそう高まった。こうなると、新宿に着くまでに女の意志をもう少し確かめておきたいところだ。

そこで彼は、太腿で掃くような接触を断続的に繰り返してみる。可能性が高くなったからといって、安易に強めてはいけない。あくまでも軽いタッチを続けるのは、ガツガツした痴漢ではないことをアピールする狙いがある。

痴漢を許す女でも、相手によって断固拒否することは当然ある。それはたいてい、自分本位で欲望のまま突っ走ったり、周りに気づかれない配慮を怠るような男だ。

オレは違うぞ、というところをいまのうちに見せておけば、あとの展開がより楽になる。

本格的に愉しむのは新宿を過ぎてからで、それまでは下地作りに専念する。それが村川の心がける、埼京線通勤快速の戦略だ。

だが、愉しみがすべて先延ばしになるわけではない。太腿で掃くような接触を続けるうちに、彼自身、心地よいものを感じはじめていた。逆に柔らかなヒップで太腿を撫でられているみたいなのだ。

女もこそばゆいような心地よさを感じているかもしれない。もしお互いの波長が合ってくれれば、面白いことになりそうだ。

試しに疼きはじめている股間でそっと触れてみる。悩殺的な柔らかさを感じて、思わず強く押しつけたい衝動に駆られてしまう。

それをぐっと堪えることで、焦れるように気持ちがじわじわ昂ぶっていく。

——新宿はまだか……。

高まる期待が車両を後押しするかのように、電車は間もなく新宿駅のホームに滑り込んでいった。

3

若干の人が降りるだけで、大勢の人間が乗ってくる新宿駅。

村川は後ろから押されるままに女と密着して、そのまま奥のドア近くまで追い込むように移動する。強く押し込まれる前に、股間を双丘のやや外側にずらし、手を中心に持ってくる。

間もなく駄目押しのように押されて身動きできない状態になる、はずだったが、思ったほどではない。満員には違いないが、以前のように手を動かすのもひと苦労といった激しさではない。

——副都心線の方に利用客が流れてるってことか。それとも、取り締まりのせいなのか……。

痴漢防止の対策として車内に監視カメラが設置されるなど、取り締まりが厳しくなったことで、痴漢目的で乗ってくる者が減ったのかもしれない。村川はそう考えた。

だが、皮肉なことに、自由が利く分だけ痴漢には好都合だ。不可抗力という言い訳は立たなくなるが、好きなペースで事を運べる。

ドアが閉まって発車すると、女の様子を窺いながら早速行動開始だ。

まず、押し当てた股間を揺らして、ヒップの感触を確かめる。手はまだ軽く触れたままにしておく。

ペニスは芯が通りかけている状態なので、強い押しつけより軽く揉まれる程度が気持ちいい。電車の揺れに合わせてゆらゆら蠢かせ、柔らかな尻肉の感触をたっぷり味わえる。

――いいぞ、これはＯＫだよな。

明らかにペニスを押しつけているとわかるはずだが、女は嫌がる様子もなく、じっとしている。彼もこれくらいは大丈夫という確信があった。

次は手で触れるかどうかだが、それは池袋に着くまでに確認できればいいので、事を急がずにしばらく甘美な擦りつけを愉しむことにした。

ペニスはやんわり揉まれて少しずつ硬さを増してくる。強く押しつけていないのに、膨張したことで圧迫感が強まるのだ。

亀頭も張ってきたので、柔肉にむにっと擦れて気持ちいい。自然に腰の揺らめきが大きくなるが、車両の揺れで充分ごまかせる。

女の体からは、植物系のコロンに汗の匂いが混じったような微香が漂ってくるだけだが、髪に顔を近づけると、脂っぽい匂いが鼻腔を刺激して、やけになまなましい。

もっと肌の近くで嗅げば、体臭も官能的な濃さなのかもしれない。車内の空調のせいで、媚香が鼻まで届きにくいようだ。

「この前、痴漢に遭っちゃってさ」

「ええっ、マジで?」

ふいにそんな会話が耳に飛び込んで、腰の動きが止まった。

学生か若いＯＬらしい。「超キモかったぁ」とか「最低だよね」などと聞こえよがしに話している。

もしかすると、そばにいる男が痴漢かもしれないと思い、会話で牽制しているのだろうか。

――あの二人の話に耳を傾けてる痴漢が何人いるかな……。高瀬だったら、自分のことを言われているような気がして、ビビッてしまうだろうな。

そんなことを考えながら、また腰を動かした。

平然と再開しても女は無反応だ。

膨張したペニスは、下腹と女の尻でサンドウィッチされていて、左右に腰を揺すって、肉棒全体を擦りつけると気持ちいい。亀頭はもちろんだが、意外と睾丸が擦れるのが刺激的だった。

勃起状態に近づいて、ペニスはますます敏感になる。揺れた拍子に腰を押し出すと、女の尻肉がきゅっと引き締まった。こんなに硬くなっているのを感じて、女も昂ぶっているのではないか。

触ってもOKかどうか、そろそろ確かめていいだろう。もしOKなら、次の池袋の乗り降りで、しっかり触れる体勢に持ち込もう——。

村川は触れたままにしていた手を、そろりと動かしてみた。

人差し指と親指で、スカートの表面を軽く撫でる感じだが、さきほどやった太腿より指の方が微妙なタッチだから、女はより気持ちいいはずだ。とりわけ尻と太腿の境目あたりが効果的で、アヌスに近ければさらに良い。

経験則に従って刺激を送り込むのは、女を感じさせたいという意志を伝えるためでもある。ただ触りたいだけの痴漢とは違うことを、ここでもアピールしたいのだ。

ごく軽く撫でるタッチから、ヒップの柔らかさを味わえる程度に変えると、指先がショーツのラインに触れた。

その感触は思いのほかはっきりしていて、スカート越しに感じる尻肉には、ストッキングを穿いているときの張りがなかった。

――穿いてないのか？　ホームで見たときは、たぶんナマ脚じゃなかったと思うが……もしかして太腿までのストッキングなのか？

パンストでないなら、スカートの中に手を入れれば、下着はおろか秘部さえも直接触ることができる。想像したとたん、村川は烈しい昂ぶりを覚えた。それは未知の感覚だった。

かつて痴漢に夢中だった頃、数えきれないほど〝おさわり〟を繰り返したが、スカートの中に手を入れた経験はない。

当時は長いスカートが当たり前だったから、手を入れて直接触るには、膝丈くらいまである裾をじわじわ手繰り上げなければならず、好条件が揃《そろ》わないと難しかったのだ。

何度か試みてはみたものの、周りに気づかれそうになって途中で断念せざるをえなかった。

だから、通常はスカートの生地が柔らかそうな女を狙ったり、バストを触るチャンスを窺ったりするだけで、無理してスカートの中に手を入れようとまでは考えなかった。

ミニスカートが街に溢《あふ》れだしたのは捕まったあとで、村川がすっかりおとなしくしていた頃だった。だが、もっと早く流行っていればと恨めしく思っただけで、やってみようという気にはならなかった。

それがいま、悪い虫が騒いで昔取った杵柄《きねづか》を握ったとたん、目の前にチャンスが訪れた。

せっかくの好機を逃がすのは惜しいと思う一方で、また捕まったらどうなるかという不安も湧いてくる。

だが、両者がせめぎ合う中で、彼は魅惑のカーブにあっさり手のひらで触れていた。女の態度から見て、その程度であれば迷うこともないという気がしたのだ。手のひらで触る尻肉の感触は、この上もなく懐かしいもので、久しぶりに味わったことで、未知の行為に挑戦したい衝動がかえって高まってしまった。

柔媚な円みを撫でながら、ショーツの感触に意識を集中させると、薄い下着らしいのはすぐわかった。尻肉にぴったり貼りついているが、食い込んではいない。直接の手触りを想像して、村川はますます昂ぶった。

すると、これまでまったく感じなかった不安が、ふいに脳裡をよぎった。

――この女、本当に大丈夫なのか?

4

苦い記憶が、一瞬にして甦る。

あれは夕方のラッシュを狙って渋谷から山手線に乗り、もうすぐ新宿に着くという頃だった。

渋谷ですでに満員になり、村川は背後から女に密着して、反応を窺いながらおさわりに夢中になっていた。手の甲が触れても嫌がる様子はなく、ゆっくり慎重に手首を返していっても大丈夫そうだった。

原宿でさらに混み合った時、ついに手のひらで触ることができた。プリーツの細かいスカートは膝丈だが、とても柔らかな生地で手触りは最高。しっとり手に貼りつくようで、下着はきわどいスキャンティらしかった。

次の代々木を過ぎると、すぐ新宿に着いてしまう。女が下車する可能性を考えて、最後に思いきり触りまくろうと、腰を落として手を深く差し入れた。スカートの上からでも、ふっくらした秘部の肉感がたまらなくそそる。

すっかり勃起した股間を押しつけながら、女を感じさせようと指戯に耽りはじめたそのとき、

「やめてください！」

突然、女が声を上げて振り向いた。

周囲の視線もいっせいに集まる。

「どうしたの、触られた？」

横の中年サラリーマンが正義の味方になり、駅に着くと村川の腕を掴んで降ろし、駅員を呼ぶ。彼はそのまま警察に突き出され、さんざん搾られた。

あのときの女は拒む気配も見せずにじっとしていて、急に爆発した。ずっと我慢していてついに堪えきれなくなったのか、あるいは最初から捕まえてやるつもりでわざとおとなしくしていたか、いずれにしろOKだという村川の判断が間違っていたのだ。

かなり経験を積んで自信もついていたのでショックは大きかった。それが痴漢をやめることにした直接的な理由だ。

あのときの女のおとなしかった様子が、いま密着している女と重なって、村川

を不安にさせる。

ここまではOKだがスカートの中はアウト、ということなら慎重に進めて途中でストップすればいいが、はなから警察に突き出すつもりなら、

――わざと触らせておいて、頃合いを見て騒ぎだすとか……。

指先にショーツのラインを感じながら、それ以上攻め込む勇気がなくなる。まるで痴漢初心者に戻った気分で、今朝の高瀬を嗤《わら》った自分に汗が出る思いだ。

女は俯くことなく前を向いているが、表情を窺いたくても、他の乗客の頭が邪魔してドアのガラスに巧く映らない。

村川はすっかり固まってしまい、いきり立った肉棒もみるみる力を失っていく。

どれくらいの時間かわからないが、あるいはほんの十秒か二十秒を彼がとても長く感じただけかもしれない。

ふと女の尻が蠢《うごめ》いた。

――……ん？

いまのは電車の揺れとは違っていたようだと思い、手指と股間の感覚に意識を集中する。

少し間を置いて、また動いた。さらに女の首がわずかに後ろを向いて、彼の方

を気にしたようだった。

触れたまま何もしていないのに妙だなと感じた直後、脳裡に閃《ひらめ》くものがあった。

——やめないでくれってことか？

明らかに痴漢の動きをしていたのに、急にやめたので女が焦れてきたのではないか——都合のよい解釈を戒める気持ちと、楽観を支持したい気持ちが交錯する。

思い違いだったらとんでもないが、だんだん抑えが利かなくなってくる。

村川は指先でそっと下着のラインを辿ってみた。

クロッチ部分の盛り上がりに触れると、さらにその奥へ進みたい誘惑に駆られてしまう。

だが、スカート越しだとそれ以上は進めない。

指全体でヒップの表面をなぞるうちに、自制心はますます影を潜め、未知の領域へと足が向く。鼓動が速まり、口内粘膜がみるみる乾いてくる。

意を決して人差し指と中指でスカートを摘むと、小刻みな震えが来た。持ち上げようとすると、なおさら震えてしまう。

心臓は早鐘を打つように高鳴っている。昔、捕まる危険にびくびくしながら痴漢にのめり込んでいったときと似ているが、実際に警察の世話になった経験があるから、いまは緊張感の次元が違う。

女はやや俯き加減になった。それがどんな信号なのか、もう読み取ることができない。それでも彼は止まらない。呼吸をゆっくりにして、かつて経験した要領を思い出しながら慎重にスカートを手繰り上げる。

何度目かで裾が指に触れた瞬間、新鮮な感動とともに、引き返せないところに来ていることを実感した。

逸《はや》る気持ちを抑えて指を潜らせ、薄い下着に触れる。初めて生で触った感触は、尻肉に直接触れているみたいで心が躍る。

それでかえって落ち着けるようでもあった。昂奮していながら、頭の中は意外と冷静なのだ。

指先で軽く触れて、ショーツのラインの内側をなぞる。たぶんアヌスのすぐ近くだが、そこにはあえて触れないで付近を彷徨《さまよ》う。

かつてはスカートの上から何度もやっていたことで、アヌスに触れるか触れないかの状態を続けるうちに、たいていの女性は感じてくる。生で下着に触れたからといって、焦ってすぐに奥を狙うより効果的だ。

いったん萎《しぼ》みかけたペニスが、力を取り戻しはじめた。腰を迫《せ》り出してタマまで擦れるようにすると、みるみる硬く張ってくる。

揺れに合わせて強く押しつけると、女の俯く角度が少し大きくなった。感じてくれている気がして、村川はさらに気持ちが乗ってくる。

焦らすようにたっぷり触り続け、池袋に近づいたところでようやく亀裂の狭間のすぼまりに触れた。同時に太腿がきゅっと引き締まり、挟まれた中指が温もりに包まれる。

少し腰を落としてもっと奥へ入り込むと、薄布に微かな湿り気が感じられた。

——……濡れてる！

おそらく中はねっとり蜜を滲《にじ》ませているに違いない。じっくりいじってやった甲斐があったと、村川はほくそ笑んだ。

谷間を行ったり来たりするうちに、明らかに湿り気が増してきた。こうなったら早くショーツに指を潜り込ませて直《じか》に触りたいところだが、間もなく池袋だ。

——まさか、池袋で降りたりはしないよな……。

それなら渋谷から山手線を使うはずで、わざわざホームが遠い埼京線には乗らないだろう。

もっとも新南口改札から入ったとすれば埼京線は近い。その可能性も考えられるが、もう駅に着くのでとりあえず手を引っ込めるしかない。

たくし上げたスカートを元に戻してやり、紳士的な気配りを見せる。これで女がさらに気を許せば、次はもっと露骨にいじりまくることができる。村川の期待を乗せて、電車は池袋のホームに到着した。

5

けっこうな人数が降車して、車内はいったん空いてしまったが、開いたドアが反対側なので、村川と女の周りはそれほどでもない。女に寄り添ったままでも不自然ではなかった。

再び乗り込んで来るのを待って、彼女の横に回り込む。さらに押し込まれるタイミングを計って、素早く向かい合う体勢を取る。あらかじめ腰を少し落としておくことも忘れない。

彼女は一瞬、意外そうな表情を見せたが、避けることもなくそのまま一緒に押し込まれ、重なった状態で固まる。

村川はすぐさまスカートの前を摑んでいた。万全の体勢だ。発車のサイン音が鳴り終わらないうちに、もう手繰り上げていく。

女はチラッと彼を見てから、わずかに視線を下げた。前からスカートをたくし上げられても拒まない。

――これで完全OKだよな！　なにをやっても平気だよな！

村川はもう止まらない。あとは野となれ山となれ、といった心境で、電車が走りだしたときには、裾まで手繰り上げていた。

周りの乗客が不審の目を向けていないか、気を配りながら手を潜らせる。

幸いなことに、彼女の隣の男は背中を向けている。村川の側は自分でブロックできるから大丈夫だろう。

再び薄い下着に触れると、前からなのでいっそう胸が躍った。

そろりと丘を撫でて、ヘアのざらつきにそそられる。指先に生地がまといつく感じがあって、後ろほどぴったりしていない。毛足が長くて秘丘から少し浮いているらしい。

気が逸って事を急ぎたくなるのを戒め、魅惑の丘をゆっくり散策してみる。

こんもり突き出すように高い丘から、そろりそろりと麓《ふもと》の方まで這いまわる。

毛叢《けむら》は思ったほど広くなかった。

丘の向こうに落ち込んだ崖も窺うが、すぐには飛び込まないで引き返し、優美な円みを堪能する。

勃起したペニスの側面が太腿に当たって気持ちいい。女の手がもう少し手前にあれば、擦りつけられるのにと思う。

彼女はやや視線を落としたまま表情を変えない。もう少し気持ちよさそうにしてくれると安心できるのだが、あまり反応がはっきりしてしまうと、周囲の乗客の目が気になる。難しいところだ。

ふと村川は、若い男がこちらを見ているのに気づいた。会社員らしいその男は、村川が視線を向けると目を伏せるが、すぐにまたこちらを見る。

痴漢されているのではないかと、女の様子を気にしているようだが、間に人がいるので確信は持てないはずだ。

もっとも、満員の車内で正義を振りかざす気概がありそうな男には見えないが、もちろんマークしておく必要はある。

村川はわずかなリスクを残したまま、下着の中に侵入する決意を固めた。ここまで来て躊躇うわけにはいかない。

板橋駅に着いて乗り降りがすむと、ショーツの端に指をかけて潜り込む。

――おっ、毛だ！

下着の中に手を入れれば性毛に触れるのは当たり前なのに、その単純な事実が村川を痺《しび》れさせる。心臓がバクバク音を立て、息苦しさを覚えるほど込み上げるものがあった。

呼吸を落ち着けて、指先の感覚を研ぎ澄ませる。やはり毛足は長く、震える指にからみついてくる。

毛叢の中は熱帯雨林のように湿気と熱が籠もっている。丘の向こうの谷間から湧き上がってくるのだろう。

女は少しだけ村川に体を預けてきた。顔もやや傾けたので、表情がわからなくなったが、周りに気づかれるほどの反応は見せないだろうと思う。

村川はことさら仏頂面を作って周囲を確認する。若い男が相変わらずこちらを見ているが、咎《とが》めたてる気配はない。たぶん羨《うらや》んでいるだけだろう。他の乗客も特に怪しんでいる様子はない。

安堵した彼は、こんもりした丘を越えて谷間に向かう。

すると女が彼の手首を摑んだ。一瞬、拒まれるのかと思ってヒヤッとしたが、そうではないらしい。力が入っていないのだ。おそらく秘処に侵入される恥ずかしさで、自然に手が出ただけだろう。

毛叢が途絶えたとたん、湿った肉が指に触れ、その先に濡れた渓谷が続く。裂け目をさぐって谷底に辿り着くと、一帯がぐしょ濡れの泥濘《ぬかるみ》だった。

肉びらがめくれ返って、内側の粘膜はいまにも溶けだしそうに軟らかい。というより、たっぷりの蜜の中ですでに溶けているように感じる。

——こ、これは……！

あまりの溢れように、驚きと歓喜が同時に押し寄せる。

やはり先を急がずじっくり触ったのがよかった。それに彼女自身、感じやすいに違いない。直に触られて、もっと蜜を滴らせるだろう。

——ついに生マン成功か！

村川はあらためて感慨に耽る。四半世紀の中断を経て、ついに痴漢の醍醐味を味わうに到ったのだ。

溝に沿って往復すると、さらに蜜が湧いてぬめりが増した。谷底全体の形状をさぐろうとしたが、にゅるっとしてよくわからない。肉びらは厚そうだが、滑りがよすぎて捉えどころがない感じだ。

ちょっといじっただけで、彼の指も蜜にまみれてぬるぬるになる。秘穴の位置を確かめると、指先が簡単に埋没しかかった。

だが、第一関節も完全には埋まらない。もっと腰を沈めるか肩を落とすかしないと深く入らないが、それでは周りにバレる恐れがある。

指先で秘穴をぐにゅぐにゅかきまわすだけとはいえ、満員の車内でこっそりやるのだから、何とも淫靡でたまらない。濡れた秘肉と指が戯れる、そこは二人だけの世界だ。

彼女もしっかり感じているようで、さらに体重がこちらにかかってくる。だが、深々と俯くわけではないので、不審に思われなくてすむ。

——こいつ、触られ慣れてるな……。

がっくり項垂《うなだ》れてしまうと痴漢されているのがもろにわかるが、この姿勢なら大丈夫だろう。

若い男に目をやると、もう関心がなくなったらしく、スマホに見入っている。

村川は敏感な突起をさぐった。にゅるっとして肉びらと包皮の区別がつきにくいが、真ん中にぽつんとした膨らみを見つけて擦ってみた。とたんに彼女の体が強張り、手首を摑む手にぎゅっと力が入った。その強さが快感の高まりを表している。

あまり感じすぎて反応が大きくなると危ないので、肉芽に集中するのは避けた方がいい。

いったん離れて秘穴をさぐり、肉びらをこねまわす。それからゆっくり肉芽に近づいて、軽くかすめてみる。

彼女は体を強張らせたままだが、びくっと動いたりしないように堪えているようでもあった。この調子で行けば、周りにバレることなく、濡れ肉の手触りをたっぷり愉しむことができる。

唯一惜しいのは、指を深く挿入するのが難しいことだが、それでも生で秘処を触れた感動はとてつもなく大きい。昔、初めて手のひらで触れたときも感激したが、それ以上かもしれない。

電車は十条駅に到着した。

今度はこちら側のドアが開く。だが、改札から遠い二両目だから、降りる客はほとんどいないだろう。

念のためショーツから指を抜いて様子を見るが、やはり誰も降りないので、スカートの中に手を入れたままだ。

彼女も村川の手首を握ったままでいる。力は抜けていて、まるで恋人の手につかまっているようでもある。

腰を少し捻って、ペニスをしっかり太腿に押し当てると、彼女も押し返してきた。それに応えるように、秘丘を指でくいっと押してやる。本当の恋人同士が無言で会話しているような気分になり、初老の村川は胸を熱く昂ぶらせた。

ドアが閉まるのと同時に、蜜まみれの指でショーツのゴムを潜る。再び熱い沼地が迎えてくれた。

秘肉がねちょねちょして、音が聞こえそうなほど粘着感が高まっている。たっぷりこねまわしてから、頃合いを見てクリトリスを擦ると、彼女は全身を強張らせて、村川の手首を握りしめた。

肉の芽は莢《さや》から半分顔を出しているようで、より鋭敏になっている。指弄《しろう》されて反応が露わになりそうなのを、周囲に気づかれまいと懸命に堪えているのがよくわかる。

その様子が健気《けなげ》に思えて、ふと悪戯な気持ちが芽生えてしまう。クリ攻めを続けてもっと感じさせてみたらどうか――危険なことだとわかっていながら、必死に耐える彼女を見たいという思いを抑えられない。

村川は溢れた蜜を指にまぶし、敏感な肉芽を莢の剝けた側からくにゅっと擦り上げた。

彼女は手首を握りしめたまま、身を固くしている。

さらに大きく小さく円を描き、速めたり緩めたり、あるいは強弱の変化をつけて嬲《なぶ》り続ける。

明らかに指使いを変えても、彼女は必死に堪えている。

だが、ぐっと寄りかかるように体重のかかり方が変化している。体が熱を持ってきたようにも感じる。

それでも周りが不審に思うほどではないので、村川はもっと悪戯したい気分に駆られる。

指の先でクリトリスを小刻みに弾《はじ》いてみる。すると、彼女の腰がもぞっと蠢いて、ペニスが気持ちよく圧迫された。

——かなり感じてるな。まだ行けるか……。

ぎりぎりまで攻めてみたくなったのは、彼女が完全に許しているので、危ないことにはならないと思えたからだ。

もし周囲の乗客が痴漢だと気づいても、彼女自身が否定してくれるだろう。

かつて何度か経験しているが、痴漢されていたのを認めるのが恥ずかしいという女がいる。近くの人が気づいて確認しても、頑《かたくな》に首を振るのだ。ましてて彼女は触られ慣れていて、痴漢の指を愉しんでいるようだから、警察に突き出すようなことはしないだろう。

――イクまで攻めちゃっていいんじゃないか？　初めての生マンでそこまでできたら最高だよな。

村川は赤羽まであと一、二分と踏んで、それまでにアクメを味わわせてやろうと意気込んだ。

円を描くスピードを上げ、弾くのも小刻みに速くする。

彼女の腰がまた蠢いている、と思ったら、ひくっと小さく震えた。

――いいねぇ。感じてるねぇ。もっと、気持ちよくなってくれよ。

人差し指でクリトリスを包皮から完全に剝き出して、中指でぐにゅぐにゅ擦りまくる。

淫蜜はますます粘着感が強まってきて、さぞかし気持ちいいだろうと、擦っている村川も感じるほどだ。

彼女の隣で背中を向けていた男が、チラッと後ろを気にした。だが、すぐに向き直った。

このまま続行するとはっきり気づかれそうだが、もう赤羽が近いからかまわない。彼女をイカせて、さっさと降りてしまえばいい。

村川はいっそう激しく肉芽を嬲り、ペニスを押しつける。揺れに任せてぐいぐいやると、ぱんぱんに張った亀頭が心地よい圧迫感に包まれる。

さっきは小さかった彼女の震えが、ひくっ、ひくっと断続的に起きるようになったので、駅のホームが見えたところでラストスパートをかけ、指が攣《つ》るほど擦りまくった。

電車がぐんとスピードを落としたとき、強張っていた彼女の体が、少し伸び上がる感じでさらに固まった。

すぐに力が抜けて、村川の方にぐんと重みがかかった。

——イッたな……!

村川はぐいっと腰を突き出して、股間でも彼女の体重を支える。下腹の甘い疼きとともに、心地よい達成感が体中に広がった。

周りにいる人が彼女の異変に気づいたとき、電車はもう停車寸前だった。体勢から見て明らかに村川が怪しいが、誰も関わり合う気はないらしく、ドアが開くとそのまま降りてしまう。どうやら、彼女がイッたのが停車ぎりぎりで助かったようだ。

彼女も降りる人の流れに加わり、ふらつく足取りで階段に向かう。

村川は後ろ姿を眺めながら後を追った。といっても、声をかけてホテルに連れ込もうなどと考えているわけではない。そんなのは邪道で、あくまでも電車の中で愉しむのが痴漢の王道だと思っている。

もし京浜東北線か高崎線、宇都宮線に乗り換えるなら、大宮まで同乗しようかと考えている。

ところが、彼女は階段を下りるとトイレに直行してしまった。

——個室でオナるってか？　まあ、あれだけ濡らしちまったら、とりあえず鎮めるしかないだろうな。

村川はトイレの出入りが見える位置で待機して、個室で秘部に指を這わせる彼女を想像しながら、しばらく待った。

だが、なかなか出て来ないので、しだいに焦れてきた。初めて生で触った昂奮が、時間とともに引いてしまう。

——ここでずっと待つより、オレもトイレの個室でシコッて帰るか。

指が濡れ肉の感触を憶えているうちに、と思って彼もトイレに向かう。

この歳にしては珍しいことで、ペニスは勃起を保っていて、萎《な》える気配はまだなかった。

第三章　淫らなメール指令

1

派遣社員の元宮和樹《もとみやかずき》は、トイレの個室でスマホを取り出し、いちばん新しい動画を再生した。昨夜、何度も見たファイルだが、仕事中も頭から離れなくて、また見たくなってしまった。

——美鈴《みすず》課長……何回見ても昂奮するなあ。たまんねえ……。

再生された動画を見ながら、和樹の手が股間に行く。ズボンの上から揉むと、みるみるうちに芯が通ってくる。昨夜はこの動画で立て続けに三回もオナニーした。それがまだ尾を引いている。

映っているのは人妻課長の中森《なかもり》美鈴。インテリジェンスと美貌を兼ね備え、男性顔負けの仕事ができる三十五歳だ。

派遣社員の和樹がやっている仕事を監督する立場にあって、彼らへ直接指示を出すのは部下の社員の役目だが、彼女もよく目を光らせている。

和樹は密かに美鈴に憧れているのだが、その彼女がスマホの画面の中で官能の高まりを堪えるようにくちびるを引き結んでいる。

ときおり抑えきれなくなり、わずかに開いて吐息を洩らす。その横顔に言い知れぬ色香が漂っている。

こっそり撮影したのは昨夕、JR埼京線の車内。たまたま駅で見かけて同じ車両に乗り込んだところ、憧れの美鈴が痴漢に触られているらしいと気づき、しかも感じている様子がたまらなくセクシーなので盗撮を思いついた。

バレないように顔よりやや低い位置で撮ったから、乗客の隙間からやっと見える程度でしかないが、痴漢に遭っていることと、かなり感じているのは明らかで、彼にとってこれは超弩級のお宝動画になったのだ。

元宮和樹は三十歳、大学在学中に就職が決まらず、卒業後もアルバイト生活が長く続いた。コンビニから道路舗装までさまざまな仕事を経験して、昨年からようやく派遣社員で働けるようになった。

派遣先は渋谷にある食品会社で、一日中パソコンの前に座って販売データの整理をしている。体力は必要ない、単調な仕事だ。

学生の頃からずっと吉祥寺のアパートに住んでいて、いまの会社には井の頭線で通勤しているが、昨日は学生の頃から好きな劇団の舞台を観るために、池袋へ行くところだった。

埼京線のホームで電車を待っていると、ふと隣の列に中森美鈴が並んでいるのに気がついた。すぐ電車が来たので、とりあえずそのまま乗ったが、次の新宿駅でいったん降りて隣のドアに移動した。会社の外で彼女と話をする機会などなかったから、ちょっと新鮮な気分だった。

ところが、あまりに混んでいて美鈴のそばまで近づくことができない。それでも顔が見える位置だったので、こっそり眺めて内心ニヤニヤしていた。

すると、彼女の背後にいる男の様子がどうも怪しい。鬢《びん》のあたりに白いものが混じった初老の男だが、ぴったり密着して、後ろから彼女の顔を覗き込むようにしたり、髪の匂いを嗅ぐみたいに顔をくっつけたりしている。

——痴漢じゃないのか……。

だが、美鈴は嫌がっているようには見えない。

気になって注視していると、男の表情が微妙に変化した。どことなく気持ちよさそうなのだ。美鈴の口元も微かに緩んでいる。

演劇や映画が好きな彼は、そういうところから何か心理的なものを読み取ろうする癖があり、友人に〝深読み〟だとか〝妄想好き〟などとよく揶揄《やゆ》される。

「この前、痴漢に遭っちゃってさ」

「ええっ、マジで？」

ふいに彼の横でそんな会話が始まった。女子学生らしい二人は、「超キモかったぁ」とか「最低だよね」などと話している。

その会話が影響して、疑惑にいっそう拍車がかかる。男は痴漢に違いない、ということは彼女はそれを許している、あの男勝《まさ》りで仕事ができる美貌の人妻課長が痴漢を受け容《い》れている、もしかして痴漢の指が気持ちいいのか、いったいどんなふうに触られてるんだ——そんなことがもの凄いスピードで脳裡を駆け巡った。

そのうちに美鈴は俯き加減になり、くちびるを少し開いたりする。ときおり目を閉じたりもして、どこかうっとりしているように感じられる。

これはいよいよ間違いないと思った和樹は、池袋に着いても降りないことにした。赤羽くらいまで行っても、すぐに折り返せば開演にはぎりぎり間に合うはず。憧れの人妻課長が痴漢されている現場に遭遇するなんてことは、二度とないだろう。

池袋に到着すると、彼はもっと近くに行こうと懸命になった。降りる人が多くていったんホームに押し出されたが、何とかドアのそばで踏ん張って、真っ先に乗り込む。

美鈴との間に人が入ってしまったが、かなり近くで観察できる位置を確保すると、何と男は、彼女と向かい合わせになっている。

――やっぱり間違いない！　正面から触るなんて……！

それでも彼女は拒む様子もない。表情は落ち着いたもので、触られているようには見えないが、意識的にそうしているのではないか。

嫉妬と羨望《せんぼう》が頭の中でぐるぐる渦を巻いた。

すると、和樹が見ていることに男が気づいた。慌てて視線を落としたが、何だか自分が悪いことをしているようで妙な気分だ。

そのうちに美鈴は、男に寄りかかるようにやや前のめりになった。しかも、顔を少しこちらに向けたので表情がよくわかる。彼女が和樹に気づきさえしなければば、絶好の角度だった。

——なんだ、いまのは!? どうしたんだ?

美鈴の顔が一瞬、ハッとなった。

男が何かしたのは間違いない。

もしやスカートの中に手を入れたのではないかと、想像しながら和樹は自分が触っている気になる。股間がむずむず疼いて仕方ない。

肝腎な手元がまったく見えないから、あれこれ思い浮かんでしまって昂ぶりが増すばかりだ。だんだんと美鈴の表情がうっとりしていくので、いっそう淫らな妄想をかき立てられてしまう。

そこで彼は、スマホで美鈴の表情を撮ることを思いついた。

満員だから画面が顔に近くて見にくいが、録画ボタンをタップしたら後は関係ない。美鈴がフレームから外れないよう、角度だけ気にしていればいい。むしろ他の乗客に盗撮している画面を見られなくて都合がよかった。

美鈴はうっとりした表情から一転、くちびるを引き結んだ。快感が顔に出るのを堪えている。だが、ときおりそのくちびるが開いてしまうのは、息をあえがせているに違いない。

和樹はこっそり股間に手をやって、ゆるゆる揉んでみる。芯が通ったペニスはさらに硬くなるが、それ以上のことをするわけにもいかず、かえって焦れったい。

赤羽に着く直前、美鈴の体がびくっと動いた。

――イッちゃったのか!?

近くにいる人たちも様子がおかしいのに気づいて彼女と男を見るが、すぐに電車が停車すると、事を荒立てるわけでもなく、押し流されるようにドアから吐き出されていく。

和樹も降りると、男が美鈴から少し間を空けて歩いて行くのが見えた。彼女の家は確か与野だったから京浜東北線に乗り換えだが、男も追いかけて一緒に乗るのだろうか。

気になって仕方ないが、すぐに池袋に戻らなければならない。ちょうど反対側のホームに新木場行きが入ってきたので、心を残したままそれに乗るしかなかった。

トイレのタンクの上にスマホを置いて、和樹はお宝盗撮動画をもう一度再生した。ジッパーを下ろしてペニスを摑み出し、官能にあえぐ人妻課長をオカズにする。

和樹は素人童貞で、セックス経験は風俗のみだが、それすらかなりご無沙汰していて、性欲の処理はもっぱらオナニーだ。

女性に対して押しがいまひとつ弱いため、性的な関係に持って行く寸前で失敗することが多かった。最近は手軽なオナニーで事足りている感があるが、美鈴がイカされるところを見てしまったことで、痴漢願望がむくむく頭を擡《もた》げている。

——ああ、オレも触りてぇ！　美鈴さぁん！

胸の内で絶叫しながら、猛然としごきをくれる。

昨日、あの後どうなったのか、また妄想が広がる。

今朝、いつもと少しも変わらぬ様子で出社してきた彼女を思い返すと、昂ぶりはいっそう烈しいものになった。

2

元宮和樹は早くも膝に震えが来ていた。

高まる緊張は如何ともしがたく、ゆっくり深呼吸しても震えが治まらない。

——大丈夫。美鈴さんは許す女なんだから。

呪文のように何度も唱え、同じ列の少し前に並んでいる中森課長を見つめている。もうすぐ川越行き通勤快速が到着する。いよいよ決行だ。

今日の昼、会社のトイレでオナニーをした彼は、それからも悶々として仕事が手につかなかった。

昨日見た美鈴の色っぽい表情や、痴漢の指の妄想が頭から離れない。それ以上に彼の心を強く捉えているのは、〝美鈴は痴漢を許す女〟ということだった。しかも、痴漢されるのを愉しんでいるとさえ思えるのだ。

あれこれ迷った末、帰りに美鈴と同じ電車に乗り、今日は自分が触らせてもらおうと、大胆なことを考えた。

和樹はこれまで、痴漢しようなどと考えたことはなかった。そんなことをして騒がれたり、警察沙汰になったりしたら大変だ。絶対に捕まらないならやってみたいが、そんな美味い話があるわけない——と思っていたが、その〝美味い話〟がどうやら目の前に転がっているらしい。

しかも、相手は憧れの人妻課長、中森美鈴だ。

背後から触るだけなら、自分だと気づかれないかもしれない。もしバレても、痴漢を許していた証拠として昨日の動画を見せれば、こっちが弱味を握っていることを思い知るはずだ。

　——まあ、警察に突き出したりとか、社内的に何か処分を考えたりとかはないだろう。いざとなったら、ファイルを社内にバラ撒《ま》くとかなんとか言って、脅かしてやればいいんだ。

　そんな開き直りで自身を奮い立たせる和樹だったが、電車がホームに入って来ると、脚の震えはさらに大きくなった。

　もう一度深く息を吸って、できるだけゆっくり吐き出す。

　だが、ドアが開いて乗り込む段になっても震えは止まらない。とにかく美鈴のすぐ後ろにつかなければと気持ちばかりが逸る。

　慌てた和樹は、前に並ぶ人を無理やり追い越して睨《にら》まれたのも気づかず、必死に彼女の背後に迫る。夢中になっていたせいか、何とか真後ろをキープできたとき、脚の震えは止まっていた。

　——なんだよ、巧くいったじゃん！

　ドアが閉まって立ち位置が定まるとホッとした。痴漢なんて意外に容易にできるかもしれないと楽観的になる。

　ところが、電車が動きだして、いざ触ろうと美鈴のヒップに手を近づけたとたん、再び膝がガくがくしはじめた。

手を引っ込めると震えも止まるが、近づけるとまたダメだ。

——これじゃ、埒《らち》が明かないな……。

初めての痴漢でプレッシャーは思った以上に大きかった。

これでは何もできないまま時間だけが過ぎていく、そう思った直後、車両が横に揺れて、美鈴のヒップに手の甲が触れた。

——あっ……!!

図らずも触ってしまったことで、張りつめていた糸が急に緩んだようだった。脚の震えは止まった。偶然に後押しされる形で開き直ることができたのだ。

しかも、一瞬のヒップの感触は忘れられない柔らかさで、心を鷲掴みにされてしまった。プレッシャーや緊張を一気に吹き飛ばす、魅惑の触り心地だった。

パンストで締めつけられて、もっと張った感じを予想していたが、まるで生尻に触れたかのようだった。

今度は自分から手を近づけるが、脚が震えることもなくヒップに触れることができた。

——やったぁ！　美鈴さんの尻だぁ！

歓喜の雄叫びを上げて、和樹は彼女のヒップをさする。さっきと同じ手の甲ではあるが、痴漢している実感は充分過ぎるほどだった。

だが、結果的に容易に触れたことで緊張から解き放たれ、手のひらで触ることに迷いや躊躇いはあまり感じなかった。

和樹はすぐに手首を返して、手のひらで触った。柔媚な感触がさらにはっきりして、目眩《めまい》がしそうだ。この手触りを知ったことによって、あのお宝動画は百倍もリアリティを増すことになる。

ところが、そんな歓びとは別に、妙なことが気になった。どうもパンストの手触りが感じられない。スカートの下はすぐ下着のようなのだ。

オフィスではいつもストッキングの美脚に見とれているし、今日もそうだったのに変だなと思う。

スカートの表面を擦ってみたり、摑んでみたり、もっとよく注意して触ってみたが、やはりストッキングの感触はなかった。

そのとき、美鈴が後ろ手に彼の手首を摑み、振り向いた。

「やめて！」

キッと睨みをくれた彼女だったが、すぐに不可解な気持ちを眉間《みけん》の皺《しわ》にして見せた。

「あなたは……」

痴漢が派遣社員の元宮和樹だとわかり、言葉を失う。

和樹はそれ以上だった。まさか声を上げられるとは思いもしないから、絶句するだけでなく、呼吸困難に陥りそうなパニック状態だ。

周りの乗客は、二人が知り合いらしいと感じて、野次馬的な興味を失ったようだ。

「どういうつもり？　とにかく次で降りてちょうだい」

和樹は黙って頷《うなず》いた。

美鈴は何か言いたそうだが、周りには聞かれたくないというか、二人だけで話をするべきと考えているようだ。とりあえず逃げられる心配はないので、手を放した。

状況が状況だけに、向かい合って黙ったまま駅に到着するのを待つのは、居心地が悪くてかなわない。

「こっちに来て」

新宿で下車すると、美鈴は人の流れの邪魔にならないようにホームの柱の陰に和樹を導いた。

「どういうことか説明してちょうだい」

「ど、どういうっていうか……それは、その……」

「わたしだってわかってたんでしょ」

しどろもどろの和樹は、力なく頷いた。バレたときのことも考えはしたが、いざ現実のものとなると狼狽《うろた》えてしまう。

「まさか、混んだ電車に乗ったら、偶然わたしが目の前にいたなんて言わないわよね」

「それは、まあ……」

「同じ駅で乗ったんだもの、もちろん乗る前からわかってたのよね」

「……」

和樹はどんどん追い込まれて、生きた心地がしない。

美鈴はキリッと鋭いまなざしを向けているが、それが彼女をますます美人にして、こんな状況でなければ見とれてしまうところだ。

「同じ会社の女性とわかっていながら、よく触る気になったものね。バレないとでも思ったのかしら」

腕組みをして、さも呆《あき》れたような口調だ。

「こんなことはあまり言いたくないけど、あなたは派遣の身なんだから、正社員より立場はずっと不安定なの、もちろんわかってるわよね。正社員でも痴漢なんてしたら免職の可能性が高いんだから、派遣なら確実よ。あなたが登録してる会社の信用問題にもなりかねないでしょ」

フリーターからようやく派遣社員になった和樹は、失職の可能性に言及され、いよいよ窮地に陥った。

──ちょっとヤバいんじゃね？　本気で会社にチクるかも……。

考えが甘かったことに気づいても、いまさらのことだ。このままでは本当にクビにされてしまうかもしれない。

「あなた……元宮くんだっけ。もしかして、井の頭線じゃなかった？　これからどこへ行く予定？」

美鈴は彼が吉祥寺から通っていることを知っていた。

「どこって、べつに……」

「べつにって、なによ。まさかあなた、最初からわたしを狙って埼京線に乗ったんじゃないでしょうね」

「……」

「ホントにそうなの？　まったく呆れた人ね。どうしてそんなことを……」

ふいに美鈴の声のトーンが弱まったと思ったら、それきり口を噤《つぐ》んでしまった。鋭さの消えた視線は和樹から離れ、隣のホームの方へ泳いでいく。

何か引っかかるものがあるらしい。もしかすると、自分が狙われた理由に思い当たったとか——和樹は直感的にそう思い、昨日撮った〝お宝動画〟が宝刀でもあることを、あらためて思い出した。

3

「ちょっと、コレ見てもらえませんか」

和樹の声音が変わり、美鈴の表情に不安めいた色が浮かぶ。

取り出したスマホで、隠し撮りの動画を再生して見せる。

美鈴は眉根を寄せて覗き込むが、映っているものが何かわかったとたん、目を瞠《みは》った。

「どうかしましたか？」

駅員が二人の様子を気に留めて、寄って来た。美鈴と和樹を交互に見て、スマホにも目をやる。

「いえ、なんでもありませんから」

駅員を遮ったのは美鈴だ。画面を見られないように、和樹からスマホを奪い取る。

和樹も駅員に介入されたくなくて、努めて穏やかに頷く。すると、ずいぶん気持ちが落ち着いてきた。

駅員はそれ以上関わる理由がなくなり、軽くお辞儀をしてその場から離れた。

「それ、昨日撮ったやつです。憶えてますよね」

「こんなものを、あなた……」

美鈴は内心穏やかではない。余裕を失っているのが見て取れる。おかげで和樹は、ますます腹が据わってくる。

「池袋へ芝居を観に行く途中だったんですけど、もっと面白いものが見れたんで、赤羽まで乗り越しちゃいました」

さっきまでの狼狽《ろうばい》はどこへやら、つい軽口を叩いてしまう。

「こんなに近くで見てたのに、全然気づかないとはね。まあ、それどころじゃなかったみたいですけど」

和樹は自身の皮肉めいた口調に、密かな昂ぶりを覚えた。憧れでもあった有能な女性管理職に対して、上から目線でものを言っている。

美鈴は黙ってスマホを見ていたが、ようやく見終わると、

「なるほどね。巧く撮ったものね」

いかにも感心そうに言った。最初のショックはすでに治まったようで、表情も落ち着いているので、和樹はまた少し不安な方に傾きかける。

そのあたりの弱さが彼らしいところで、美鈴が余裕を取り戻したことが気になって仕方ない。

「わたしのことを、痴漢されても抵抗しない女だと思ったのね。それで自分も触りたいっていうか、触っても平気だろうって考えたわけね」

見透かして言う彼女はもう、いつもの中森課長だった。

「確かに昨日はされるままにしていたわ。でも、今日は違った。なぜだか、あなたにわかるかしら」

美鈴はスマホを突き返した。和樹は不安になりかけたせいで、彼女が話しながらスマホをいじっているのに注意が向かなかったが、返されてようやくそのこと

に気づいた。

「……ウソッ!?」

嫌な予感がして見てみると、盗撮ファイルは削除されていた。

美鈴は平然として、特に勝ち誇る様子もない。彼が愕然とするのもおかまいなしに、話を続ける。

「わたしが拒まなかったからって、どんな痴漢でもかまわないわけじゃないのよ。拒否しないのは、この男は気持ちよくしてくれるって思えたときだけ」

美鈴が顔を近づけて、真っ直ぐに見つめる。

深い瞳に吸い込まれそうで、目眩がしそうだ。

「つまり元宮くん、あなたは下手だってことよ!」

殴りつけるようなそのひと言で、さらに頭がくらっとした。

周りを気にして声を抑えてはいるが、和樹を打ちのめすには充分だった。

「下手な触り方をされるとイラつくだけ。そんな奴は、二度とやらないように懲らしめることにしてるの。さっきも、そのつもりだったんだけどね」

美鈴は〝けどね〟をゆっくり、強調して言った。

上目づかいで睨んだ目は、どこかさぐるような色を含んでいる。

和樹は状況が微妙に変化しているのを感じた。

「触りたかったら、もっとスマートにやらなきゃダメよ。自分だけ満足するんじゃなくて、女性を感じさせるように、巧く触ってくれないとね」

今度は〝触ってくれないと〟を強調して、また意味深なまなざしを向ける。

「巧く触ればOKなんですか」

「そうよ。もっとも、汚らしい感じの男は問題外だけど……」

和樹のネクタイをスーッと指先でなぞり、サマースーツの表面を軽く撫でる。

「小ざっぱりしてるから、合格ね」

「ご、合格って……」

咄嗟には意味がわからない。

──さっきのは許すってことか？　いや、これから頑張って巧くなれって、励ましてくれたのか？

彼女は意味ありげに口元を緩めると、和樹のスマホを勝手に拝借して、自分の番号を入力して電話した。

「じゃあ、黙ってわたしについて来て」

スマホを返すと、さっさと歩きだす。とりあえずついて行くと、彼女はホームを歩きながらメールでも打っている様子。少しすると、和樹のスマホにショートメールの着信があった。

『次の通勤快速、私の後ろについて一緒に乗りなさい』

いま美鈴が打っていたメールだ。なんでわざわざそんなことをするのかと思ったら、すぐに次のメールが届いた。

『着信音をサイレントに』

意味がよくわからないままサイレントに設定変更してから、尋ねてみる。

「どうしていちいちメールなんですか」

だが、美鈴は振り向きもせず、返事もない。

さらに次のメール。

『赤の他人のふりをして』

それでようやく彼女の意図を推測することができた。

次の電車に一緒に乗って、ショートメールで会話するつもりなのだ。他人のふりをするということは、おそらく、

——痴漢……プレイ!?

うれしい予感に武者震いした。

美鈴はホームの中程まで移動すると、後ろを気にすることもなく列に収まる。

すかさず和樹も背後に立った。

――やっぱりそうだ。間違いない！

和樹が巧く触れるように、メールで教えてくれるのだと確信した。着信音を消すのは、周りの乗客の注意を引かないためだ。

あなたのように下手な男は痴漢なんてやめなさい！　そう諭《さと》されるものと思っていたが、事態は思わぬ方向に進もうとしていた。

4

昨日と同じ時間帯だが、階段から離れた位置まで移動したせいで、混雑ぶりは少々違っていた。電車を待つ人がホームから溢れるほどではない。

すぐに通勤快速が入って来て、スマホ片手に、美鈴の背後にしっかり貼りついて乗車する。

それでも満員にはなったので、体が密着して股間はヒップに当たっている。心地よい接触感で早くもむずっと疼きはじめる。

手を動かすのに苦労するほどぎゅう詰めではなく、痴漢するにはちょうどよい混雑という気がする。

もう脚が震えることはなかった。緊張はしているが、ビビッているわけではない。いい意味で気持ちが張り詰めている。

——触ってもいいのかな……。

和樹はおずおずとヒップに手を触れた。さっきやっているので最初から手のひらで行った。

——この柔らかさ！　たまんねぇ！

柔媚な手触りに心が躍る。やはりパンストの感触はなく、生尻に触っている感じがする。むにっとして揉み心地が抜群だ

すると美鈴からメールが来た。

『いきなり揉まない　軽く撫でて様子を見る』

やはりこういうことかと思い、早速のお叱りにも快く従いたい気分だ。

スカートの表面に軽く手を当て、すりすりしてみる。すると、ジョーゼットの生地の薄さはもちろん、滑りのよい裏地の感触までわかった。

わずかに触れるだけだと、指先の感覚が研ぎ澄まされるようだ。尻たぶの柔ら

かさも、さっきより鮮明になった。

指を揃えて先端部分だけでさすってみる。これではくすぐったいかも、と思うほど微かなタッチだが、和樹自身も心地よい。柔らかな肉で指先を刺激してもらっているような感じがする。

『巧いじゃない！』

たったひと言のメールに、和樹は舞い上がる。

――誉められた！

早くも一人前の痴漢と認められ、称賛された気になる。

『相手の女が嫌がらなければ少しずつ大胆に　できれば焦らす感じで』

美鈴の指示は、彼女自身の希望というより一般的な痴漢テクを教えている。まるで女性教官による痴漢の実地指導みたいだ。

気持ちよくしてくれそうな痴漢ならＯＫ、と言った彼女の声が頭の中で再生され、人妻課長を感じさせてやろうと、和樹は全神経を手指に集中させる。

するとまたメールが来た。

『右の男に要注意　周りに気づかれてはダメ』

また誉められることを期待していたので、ヒヤッとした。右隣の中年会社員が、和樹の方をチラチラ見ている。混んでいて手元は見えないはずだが、接触している和樹の腕の動きが気になるのだろう。

バレないように慎重に行こうと自分を戒める。

それにしても触られている美鈴が周囲に気を配っているとは、まさに指導教官のようだと感心させられる。

和樹は指示された通り、触る範囲を少しずつ広げていく。もちろん腕は動かさないで、手首だけを使う。電車の揺れを利用すれば、手首だけでもかなりのことができそうだ。

ペニスはすでに芯が通っていて、揺れに任せて押しつけると、心地よく擦れてさらに硬くなる。

『焦らすようにゆっくり奥へ』

美鈴が尻の割れ目の奥へと誘う。

ジョーゼットのスカートは薄くてふんわりしている。かなり奥まで指が届きそうなので、つい先を急ぎたくなるが、指示された通り、そこを我慢してじわじわ進んでいく。

尻たぶの優美な円みを手のひらで包み、やさしくなぞりながら指先でさらに奥を窺うと、続けてメールが届く。

『そこをじっくりと！』

和樹はとりあえずその部分に留まる。

──なんでここを……？

咄嗟にはわからなかったが、どうやらアヌスの近くらしいと気がついた。美鈴はそこを触られるのが気持ちいいのだろうか。あるいは、女性は誰でもそうなのかもしれない。

それならじっくりやってやろうという気になる。焦らす感じがいいと再三言われているので、ゆっくりアヌスに近づいてはまた引き返す。

何度か繰り返していると、美鈴の尻が引き締まったり緩んだりするタイミングによって、アヌスの位置が正確にわかった。

ぎりぎり触れそうなところまで近づいておいて、さっと離れる。すると美鈴が『いい感じ　もっと焦らして』と要求してきた。

──美鈴さん、そんなに焦らされるのがいいんですか。こっちも焦らされてる気分なんですけど……。

早く奥をさぐりたいのをずっと堪えているので、和樹も焦れてペニスの先端からぬめった液が洩れはじめている。

にもかかわらず、もっと我慢したいという気持ちも強い。自虐的というより、我慢すればするほど大きな快楽に充たされる予感がするのだ。

ふいに揺れが大きくなって、指が奥へ滑り込んだ。アヌスを擦って秘裂まで達し、ふっくらした肉に触れた。

すぐ元の体勢に戻ったが、秘めやかな感触が指に残った。スカートの上からなのに、下着越しに触ったような手触りだった。

一度触れてしまうと、気持ちに抑えが利かなくなってしまう。もう充分焦らした気もするので、再び奥へ侵入していく。

アヌスのすぼまりを微かに感じたとたん、ぎゅっと手を挟まれた。その先の盛り上がった肉に、指先がかろうじて届いている。

『スカートの中に手を入れて』

拒むつもりかと危惧したら、逆のメールだった。

素直に従うのはもちろんだ。隣の男を気にしつつ、手首から下だけでスカートをたくし上げる。柔らかな生地は巧く捲《めく》れ、ほどなくスカートの中に潜り込むことができた。

——やったぜ！　ついに生で触れた！

和樹は快哉を叫び、生下着の感触に酔った。やはりパンストではなかった。しかも、ショーツはかなり薄くて、二重底の部分でも微かに縦筋が感じ取れる。しかも、熱く湿っているのは、人妻課長が気持ちよくなっている証拠だ。

巧みな痴漢以外は受け付けないという、美鈴の高いハードルを一度でクリアしたことが、にわかには信じがたい。それだけ感動も大きい。

気をよくした和樹は歓びを抑えきれず、自分からもメールしてみることにした。

『濡れてますね』

入力しながら画面の文字で昂奮してしまい、ペニスがいきり立った。

美鈴は読んでくれたみたいだったが、なかなか返事が来ない。答えがなくても、濡れているのは確実だ。

いじっているうちに、指もしっとり湿ってくる。中はどれだけ濡れているのか、想像するだけでわくわくする。

——さっきスカートの上からいじって、シミにならなかったかな？

案外、美鈴がスカートの中に手を入れるように誘ったのは、シミになるのを気にしたからかもしれない。

湿った縦筋をなぞり、その前のクリトリスをいじろうとしたが、指がぎりぎり届かない、というかたぶん届いていないと思う。

屈めば行けるだろうが、不自然な体勢で周りにバレそうだ。

――クリトリスに届けばもっと感じさせてやれるのに……。

和樹の意識は、美鈴を気持ちよくすることに傾いている。

クリトリスに届かないなら届かないで、下着の中に指を入れて、直接アソコをいじればいい。もう和樹に躊躇いはなかった。

だが、電車は間もなく池袋に着く。

かなり乗り降りがあるからいったん小休止で、スカートから手を抜かなければならない。

名残惜しい気もするが、一度経験してしまえば再び侵入するのに苦労はない。

和樹は潔く手を引いた自分が、すでにベテランの域に達しつつある気がした。

『スカートの乱れを直しなさい』

電車がホームに入ったところで、そんなメールが来た。

和樹が裾までたくし上げていたから、確かに乱れていることだろう。それでは他の乗客が怪しむかもしれない。

慌ててスカートを整えてやり、どうにか停車に間に合った。

秘裂が濡れるほど気持ちよくなっていても、やはり美鈴は指導教官なのだと、あらためて思った。

5

乗降時のどさくさで美鈴から離されないように、気持ちを引き締める。

乗車してくる人たちによってどの方向に押されるか、そこに注意した方がいいだろう。

ドアの方に目をやり、流れ込んでくる人を見ながら、美鈴と離れずにいられる角度をキープする。

巧い具合に押し込まれる、と思って顔を戻した瞬間、美鈴が素早く反転した。

――おおっ！　こ、これは……！

乗車が終わって立ち位置が安定したとき、和樹は彼女と向かい合わせで密着していた。いまにも欧米人の挨拶のように頬が触れそうだ。

無意識のうちに右手が彼女の秘めやかな丘に触れて、魅惑の凹凸を親指と人差し指で感じている。

肋骨にはふくよかなバストが当たって、むにっと柔らかな圧迫感が心地よい。手で触ってみたいのにできないから、よけいに欲求が高まる。

いきり立ったペニスは、彼女の太腿にもろに押し当たり、ちょっと動くだけでぐりっと揉まれて気持ちいい。

感動的な接触感に目眩がして、あろうことか膝ががくがく震えた。気持ちを落ち着けようとすると、美鈴が吐息で囁いた。

「この方がいいでしょ」

耳たぶに熱い息がかかって、ぞくっとする。周りに聞こえないくらいの微かな声だ。

和樹は不用意に頷きそうになったが、何とか思い留まった。

「好きに触っていいのよ」

いつものキリッと歯切れの良い美鈴ではなく、ねっとり耳にまといついてくる甘い声音だ。艶っぽい響きが耳から入って、股間をビンビン刺激する。

応える代わりに、自然と腰が迫り出した。甘やかな痺れが下腹全体にじわっと広がり、膝の震えがようやく治まった。

電車が動きだすと、和樹は必要なくなったスマホをポケットにしまった。

早速、Y字型の膨らみを這って、美鈴の形状をさぐる。

秘丘は突き出すように高く、それだけ谷が深く感じる。奥まで手を入れるには、少し屈む必要があるが、クリトリスをいじるくらいはできるだろう。

あらためてスカートをたくし上げ、下着の上から高い丘の円みをそろりと撫でてみる。

すぐにクリトリスをさぐりたいところだが、さっきの尻と同じでゆっくり焦らすようにした方がいいのだろう。

秘丘を円く撫でまわすと、薄布の下にヘアのざらつきがはっきり感じられた。彼女の知性的な美しさを裏切るように、かなり繁っているようだ。

ふいに横のOL風の若い女が、チラッと美鈴を見た。和樹が妙な動きをしたわけではない。彼女が男とぴったり向かい合わせになっているのが気になるのかもしれない。

だが、美鈴は俯いてもいないし、痴漢されている気配もない。女はすぐに顔を戻した。

和樹は電車内で憧れの人妻課長のスカートに手を入れている事実をあらためて

思い、胸が躍った。

——夢みたいだ……美鈴さん……。

こんなことを社内の誰が想像できるだろう。お宝動画を消されたのは惜しいが、この指で、ペニスで、彼女を存分に感じて脳内メモリーにしっかり保存しておくのだ。

秘丘を這いまわる指は、ときおり谷間を窺っては戻り、窺っては戻りを繰り返す。たぶんクリトリスのすぐ近くをかすめているはずで、焦らし効果は美鈴の望み通りだろう。

やがて板橋に着いて、いったんスカートから手を抜くが、乗り降りがすんでもとの体勢に戻ると、すかさずたくし上げて手を潜らせる。もうすっかり慣れてしまったような手際のよさだ。

もちろん、美鈴が周囲に気を配りながら協力してくれるおかげなのだが、和樹はベテラン気分で高揚感を覚えている。

あらためて優美な丘の円みを味わうと、谷間の奥に熱が籠もってきたように感じる。さっきすでに下着が湿っていたくらいだから、もうかなり濡れているのではないか。

そろそろ頃合いと見て、和樹はショーツの脇から指を忍ばせた。秘毛は思ったほどは密生していないが、指に絡むように長い。谷に向かって茂みが途絶えたところで、湿った肉に触れた。

——ああ、触ってる……美鈴さん、触ってるよぉ！

熱を持った秘肉は、ちょっと指を進めただけで、沼地に踏み入れたようにぬめりが広がっている。

肉びらに触れても、にゅるっと滑って感触がよくわからない。

「もう、ぐちょぐちょでしょ」

湿った息で耳をくすぐられ、背筋が痺れた。ペニスもひくっと反応する。

「す、すごいですね……まるで洪水みたい……」

耳元で囁くように応えると、美鈴の体が強張った。

——気持ちいいんだ！

熱い息で彼女が感じてくれたことがうれしい。セックス経験の乏しい自分が、瞬く間に一人前の男に成長している感じがする。

すると、太腿に押し当たっている勃起に、彼女の手が触れた。狭い隙間に潜り込むようにして、脇からぴたっと添えられた。

「あなたも、ビンビンね」

指は睾丸までしっかり届いている。爪でちょんと掻かれて、肉竿が脈を打った。呻きが洩れそうになって、腰が引けてしまう。

美鈴はそれを見逃さず、隙間に素早く手を入れてきた。

——そ、そんな……！

勃起を手のひらで包み込む、というかタマと竿の根元を摑んで、先の方は手首が当たっている。強くはないが、しなやかな手指でしっかり握っている。満員電車で股間をもろに摑まれるなんて、

——エロすぎるよぉ！

思わぬ事態に昂奮を抑えられない。そもそも女性に股間を触られることからして、何年ぶりかという希有な出来事なのに、相手が憧れている美鈴だからたまらない。

濡れた秘裂を擦って応酬すると、彼女はタマをやんわり揉む。同時に手首で竿も圧迫してくれる。

「すごく硬いわ」

「それは、気持ちよすぎて……」

囁く声もかすれがちだ。

美鈴は手首を器用に折り曲げて、竿を指で挟んだ。ほんの軽く挟まれただけなのに、自分の手とは違う、細くしなやかな指の感触が恐ろしいほどなまめかしい。揺れに合わせて上下に揉まれると、新鮮な摩擦刺激で快感が加速する。

「ここで出しちゃって、いいのかしら？」

「そ、それはヤバイです……」

美鈴がふっと笑みを洩らしたようで、熱い吐息が耳たぶをくすぐる。

だが、満員の車内で射精するなんて昂奮ものに違いない。あとさきを考えずに突っ走りたい衝動に駆られる。

——美鈴さんはどうなんだ。イッちゃってもいいのか、昨日みたいに……。

和樹は秘裂をさぐり、小さな突起らしきものを見つけた。ぬめった指先で擦ると、彼女の体がまた強張った。

本当にイカせることができるかもしれないと思うと気が逸る。

円を描くように突起を擦り、肉びらをこねまわす。蜜がさらに溢れて泥濘状態だ。秘裂の奥に窪みがあって、ちょっといじると指先が埋まるが、それ以上は届かない。

「もっと気持ちよくして」

美鈴の声は快楽に酔ったように甘く間延びしている。

クリトリスに戻って激しくこねまわすと、いっそう熱い吐息が和樹の首筋をくすぐった。

「十条に着いたら空《す》いちゃうから、あまり時間がないわ」

美鈴が言うのだから間違いないだろう。この車両だと、確か改札に近かったはずだ。

残り少ない時間で存分に触りまくろうと、和樹は夢中になって指を使う。満員の人いきれの中で、濡れた女の秘部をいじっている、その異常さに烈しく昂ぶってしまう。

何とか蜜穴に指を入れたいと思うが、残念ながら体勢に無理がある。焦れる思いでクリトリスを嬲り、肉びらを弾く。

美鈴の太腿が締まったり緩んだりして、官能の高まりを教えてくれる。

突然、ぐらっと横揺れが来て、体が前のめりになった。

秘裂の奥まで手が滑り込んだとたん、反射的に突き立てた指が、蜜穴を深く抉《えぐ》った。無意識というか、本能的な反応だった。

無数の微細な襞が指を包み、きゅんと締めつけて奥へ引き込むように蠢いた。

周りの乗客はすぐに元の体勢に戻るが、和樹はことさらゆっくり上体を戻す。美鈴も同様、指が抜けるのを惜しむように緩慢な動きで合わせてくれた。

ほんの一瞬だけ味わうことができた美鈴の蜜穴。指に残る卑猥《ひわい》な緊縮感をペニスに置き換えて、和樹は未知の快感を想像する。

言い知れぬ陶酔感とともに、電車は減速しながらホームに滑り込んだ。

第四章　前から後ろから

1

手のひらに触れる柔らかな感触が、高瀬弘充を夢見心地にさせてくれる。

超満員の通勤電車で痴漢初体験をした彼は、数日後に吉祥寺のホームでまたその女を見かけると、背後に貼りついて尻を触った。

以来、彼女に遭遇するたびに痴漢行為に及んでいる。それが目的で、家を出る時刻を調整するようになった。

つんと突き出した彼女の尻は、ただ触れているだけでも気持ちいいが、やんわり揉みあやすと柔媚にたわんで男心をいっそうそそる。

若い頃のように股間が硬くなって、押しつけたまま電車の揺れに任せていると、朝から淫靡な気分に包まれる。

真面目一徹で生きてきた彼が、密かに感じる悪徳の香りにすっかり酔って、別の人間になったような高揚感を味わえる。

だが、それ以上のことが高瀬にはできない。

彼女の尻を触ることはできても、スカートをたくし上げて下着に直接触る勇気はどうしても出ない。

他にも触って大丈夫な女がいるとは思うが、リスクを冒《おか》そうという気概はなく、あくまでも安全牌である彼女を見かけたときだけが、密かな愉しみに耽る貴重な時間になっている。

そんな自分が焦れったくもあるが、今朝もまた昂ぶりともどかしさを感じながら、彼女の尻を撫でまわし、揉みあやしている。

中野駅を過ぎて少ししたところで、高瀬は横合いから視線を向けられているのを感じた。

――なんだ？　気づかれるはずはないんだが……。

高瀬が触っても彼女は特に嫌がったり、後ろを気にしたりはしない。じっとおとなしくしているので、いくら背後に密着しているからといって、周りの乗客に痴漢行為を疑われるはずはないと思っている。

だが、とりあえず尻を撫でていた手は止めた。視線が本当に自分に向けられたものなのか、確かめておく必要はあるが、目が合ってしまうのは避けたい。

それで、視線を感じる角度の近くまで目を向けてみた。

――やっぱり見てるな……。

自分と同年輩の男が、間違いなくこちらを注視している。

できるだけ何気ない表情を保ってしばらく様子を窺うが、ずっと視線を注がれたままだった。

困ったなと思いながらも、さすがに気になるのでその男を見ると、もろに目が合った。

男は高瀬と女を交互に見て、ニヤリと笑った。

――……誰だ？

すぐには思い出せないが、自分のことを知っている人物に違いない。しかも、彼女と自分を見てニヤッと笑うからには、疑いの目で見ている可能性は高い。

高瀬はそう思って、尻から手を離した。

すると、彼女は急にどうしたのかと気になったのだろう、ほんの少し高瀬の方に顔を傾ける。

男はそれを見てまたニヤリとした。

——おっと……かえって、まずかったかな？

とにかく会ったことのある男には違いないと思ったので、とりあえずほんのちょっと頷くだけの会釈をすると、その男も同じように返してきた。

それからはもう彼女に触ることもできず、おとなしくしているしかなかった。また男と目を合わせても気まずいので、中途半端に視線を彷徨わせる。次の新宿駅までの時間がかなり長く感じられた。

新宿に着いてドアが開くと、大勢の人に押されて、高瀬はいったんホームに降りる。

さっきの男もホームに吐き出され、高瀬に歩み寄ってきた。

「ヨッ。ずいぶん久しぶりじゃないか、高瀬」

その声で、ようやく誰だか思い出した。大学で同じクラスに席を置いていた村川孝造だ。老けたなと思うが、面影はしっかり残っている。

もっとも、老けたのは自分も同じだ。

「なんだよ、お前だったのか。長いこと会ってないから、なかなか名前が浮かばなかったぜ」

学生時代の友人に会うといきなり昔の口調になるが、痴漢に気づかれているかもしれないだけに、警戒する気持ちは強い。

「俺は最近、何度か見かけてるけどな」

「そ、そうなのか?」

村川の目が何か含んでいるのを感じてドキッとした。

嫌な予感はすぐに的中する。

「またあの女か。すっかり目をつけたみたいだな」

「……」

やはりそうだ、何度か見かけたというのは電車内に違いないと高瀬は覚悟する。

――マズイことになったな……。でも、見られたのがこいつだからまだよかったのか? 仕事関係の相手だったら大変だからな。

彼女が拒まないからといって、危険を冒していることに変わりはなかったのだと、いまさらのように思う。

「ちょっとだけ、コーヒーでも飲んで行く時間はあるか?」

村川は階段の上の方を顎で示した。駅構内にあるコーヒーショップのことだろう。朝一番の会議がある日以外は、出社時間には少々余裕がある。

「ん、まあ……ちょっとだけなら」

「よし。じゃあ行こう」

もしここで断れば、かえって心に引っかかりを残したままになってしまうので、とりあえず付き合うことにした。

椅子のない立ち飲みだけのコーヒーショップだった。ドリンクとサンドウィッチやマフィンで朝食をすませる若者がけっこういる。

いちばん端のドア近くで肩を並べると、村川はそっと耳打ちしてきた。

「どこまで触った？　スカートに手を入れたのか？」

いきなりの直球に高瀬はどぎまぎする。シラを切るのは難しそうだが、触っていたことをすんなり認めていいものかどうか、咄嗟に考えを巡らせる。

「まあ、見た感じ、たいしたことはやってなさそうだけどな。高瀬はあまり痴漢経験はないんだろう？　迂闊《うかつ》なことをして、痛い目に遭わないように注意しないとな」

村川の口調に責めたり咎めたりのニュアンスはまったくない。むしろ、友人への親しみを込めた忠告といった感じで、それならとぼけても突っ込まれる心配はないかもしれない。

「べつに触ってたわけじゃない。混んでるから体がくっつくのはしょうがないじゃないか」

「おいおい、いつも同じ女にくっつくのもしょうがないってか？　そんな筋の通らない話、高瀬らしくないじゃないか」

村川はさも愉快そうに笑う。彼の指摘はごもっともで、返す言葉がない。

すると村川は、頭がぶつかるくらいすり寄ってきて、さらに声をひそめた。

「あの女はイケるぞ。かなりのところまでやって大丈夫。間違いない」

「なんでそんなことがわかる？」

つい話に乗ってしまったので、村川はにんまり邪心に満ちた笑みを浮かべた。

「高瀬と違って、俺は若い頃は常習だったんだ。一度、捕まったこともある。だから見ていて間違いないってわかるんだよ」

「そうなのか……」

意外なカミングアウトで、高瀬の気持ちが一気に緩んだ。

——道理で咎める感じがまったくないはずだ。

彼が自分にはない勇気と大胆さを持っていると感じて、羨ましい気持ちと同時に懐かしさを覚えた。

学生時代の村川は、仲間とよくバカ騒ぎをやっていた。生真面目な高瀬は、成績では常に上回っていても、彼のように羽目を外すことができない性格だから、いつも羨ましい思いで眺めていたものだ。

遠い昔のそんなことが、自然と思い出される。

「で、どこまでやってたんだ？」

「いや、尻を撫でる程度っていうか、まあ、そんなもんだ」

「やっぱりな。それはもったいない話だぞ。あの女は、スカートの中までは確実だ。生マンだってイケるかもな」

高瀬は〝生マン〟の意味を即理解して、頭にカーッと血が上った。妄想の中だけで昂奮していたことが、彼の話でにわかに現実味を帯びてくるようだ。

「どうだ高瀬、今度一緒にあの女をやってみないか。俺がリードしてやるから安心してできるぞ」

思わぬ提案に高瀬の心が躍った。痴漢のベテランを自認する彼がリードしてくれるというのだから、これ以上のチャンスはないだろう。

それにしても村川は、完全に上からものを言っている。学生時代と違う雰囲気にやや気圧《けお》されるが、この歳ではそんなことなどまったく無意味だ。

「二人で一緒にやるのか……」

「イヤならいいんだぜ。無理にとは言わないから」

高瀬は慌てて首を振る。

「よし。話は決まりだ」

じゃあ連絡先を教えろと言って、村川は携帯電話を取り出した。

2

翌日、高瀬は吉祥寺駅で村川と早めに待ち合わせた。

一部上場企業の部長代理が何と大それたことを、と思わないではないが、ベテランの彼が一緒なら不測の事態は起きないだろうと楽観視している。

あの女がこれまでずっと騒ぎもしなかった事実が、それを支えていた。

二人は改札を入って、快速ホームへ上がる二つの階段が見える位置で、女が現れるのを待った。

乗車時の段取りはすでに聞かされていて、高瀬はいつも通り背後に貼りつくだけでいい。村川が巧く向かい合わせのポジションを取ってサンドウィッチ状態に持ち込む手はずだ。

あとは彼が周囲の状況を見ながら進めてくれる。

そして、二回続けて瞬《まばた》きをしたら〝もっとやれ〟、視線を天井に向けたら〝ちょっと待て〟の合図だと教えられた。

「もし高瀬がヤバイことになっても、俺が他人のふりして助けに入るから心配するな。でも、合図だけは絶対に守ってくれよ」

「わかった。よろしく頼むよ」

相変わらず上から目線の彼だが、それが頼もしく思える。

高瀬はちょっとした悪戯を仕掛ける子供のように、胸がわくわくしてきた。

二人は向かい合って話をしながら、両方の階段をそれぞれ見張っている。

「来たぞ!」

彼が小声で言って歩きだす。高瀬もすぐに続いた。

エスカレーターに乗ったときからもう他人だ。無言でホームに上がると、村川が女の横で列に並んだ。高瀬は女の後ろに立つ。

やがて快速東京行きが入って来て、二人は打ち合わせた通り、彼女を挟み込むことに成功した。

——やったな。狙い通りじゃないか！

とりあえずいつもの調子で触るように言われているので、つんと張ったヒップに手を当てて、そろりそろりと撫ではじめた。もちろん、股間もしっかり押しつけている。

柔らかな手触りにはもう慣れたが、いつもと違う緊張感に胸が高鳴った。ただ触るだけの痴漢はもう卒業。とうとうスカートの中に手を入れられるのだと思い、軽い武者震いが起きた。

すると、彼女の体が強張って、股間にヒップを押しつけてきた。一瞬、そう思った。だが、実際は彼女の腰が引けたのだった。

——なにやったんだ……。

村川が早速正面から攻めはじめたようだが、どこをどうやっているかわからないので気になる。

さぞかし手慣れているであろう彼女の触り方を、できるものならこの目でしっかり見てみたい。それくらい興味津々なのだ。

村川自身は素知らぬ顔で、まるで気配を消すかのように静かに立っている。高瀬と目を合わせることもない。

だが、腰の下では手指が大活躍しているに違いない。

すぐに彼女は俯いてしまった。いつもはほんの少し俯き加減になるだけなのに、自分とは明らかに反応が違う。

——そんなに感じてるのか？

高瀬はますます気になって、尻を撫でるのもどこか上の空で身が入らない。

その尻が、彼女の快感を表すように、きゅっと引き締まる。高瀬に触られていることなど関係ないと言ってるみたいだ。

村川は、相変わらずこちらを見もしない。感情を消し去った表情で、ただそこに立っている。

高瀬はしだいに嫉妬めいた気持ちが湧いてきた。強力な味方を得て心強い限りだと思っていたのに、置いてけぼりにされた気分だ。

——まさか、お前……リードしてやるとか言いながら、自分が触りたかっただけじゃないだろうな？

村川を見る目が険しくなる。

イラついた高瀬は、つい荒々しくヒップを揉んでしまう。

だが、彼女は何かに耐えるように全身を強張らせるだけで、これといった反応は返ってこなかった。

もはや彼女の意識は村川の手指だけに集中しているのだろう。そう考えると、置いてけぼりというより、むしろ邪魔者扱いされているような気にさえなる。

——いきなりスカートの中に手を突っ込んでやろうか？　そうしたら、こっちのことも気にしてくれるんじゃないか。

気持ちの上では自棄を起こしかけているが、高瀬にそんなことが実行できるはずもない。

電車は西荻窪駅に着いて、ドアが開いた。乗ってくる者ばかりで混雑がさらに激しくなる。

サンドウィッチ状態を死守すると打ち合わせた通り、彼女を挟んで逃がさないようにするが、高瀬はそれを村川のためにやってあげてる気がしてきた。

発車すると間もなく、彼女の尻がまたひくっと引き締まり、心なしか村川に寄りかかるように体がやや前に傾いた。

高瀬は嫉妬に駆られながら、どうにもできない自分に苛立《いらだ》ってくる。

ふいに村川がこちらを見た。

——瞬き二回、瞬き二回……。

高瀬は心の中で呪文を唱える。だが、村川は少しも表情を変えないばかりか、一回瞬きしただけだった。

——おい、まだダメなのか？　本当に自分だけ愉しもうって魂胆じゃないだろうな！

ムキになる自分が浅ましく思えるが、お預けを食わされているようで、しだいに我慢できなくなる。

村川の誘いに乗ったのは失敗だったかもしれないと思うと、尻を揉む手つきがいっそう乱暴になってしまう。

そんな状態が荻窪まで続いた。地下鉄との接続駅でそれなりに乗り降りが多いことを警戒していたが、彼女が逃げようとしないので、そのまま挟み込み状態をキープすることができた。

発車すると彼女の俯く角度がさらに大きくなった。

何が起きているかわからないのが焦れったいが、とにかく股間を押しつけ、尻を揉みまわすことしか高瀬にはできない。

だが、少しすると、ようやく村川が目を合わせてくれた。餓《かつ》える思いで見つめると、瞬きが二回続いた。

——おおっ！　ついに来た！

歓び勇んでスカートをたくし上げる。

すると村川が、急に険しい目をして左右に素早く視線を走らせた。

睨みつける表情を見て、何となく意味がわかった。たぶん周りを注意しろということだ。いきなりで彼女も少し慌てた様子だったから、バレる危険を素早く察知したのだろう。

さんざん待たされたので、歓びのあまり無警戒で先を急いだことに、高瀬は気づかされた。

両隣の様子を窺って無事を確認する。彼女も焦って後ろを気にしたのは一瞬だけだったので、村川に目礼してからゆっくりスカートを手繰る。

薄い布が少しずつ手の中に溜まっていく感覚には、何とも昂奮させられる。初めて経験するその感触が、電車内でこっそりスカートをたくし上げていることを強く実感させた。

裾まで手中に収めたところで、下着が指に触れる。なめらかな化繊に生で触れた感動は大きく、いま頃になって手が震えてしまう。

——落ち着け……大丈夫だからな……。

目の前に強い味方がいることを考え、ゆっくり呼吸すると、ほどなく手の震えは治まった。

それでも昂ぶりは続いている。尻の円みに沿って指を滑らせると、すべすべした薄布の感触は瑞々《みずみず》しい果実を覆う薄皮のようだ。熟した果肉の柔らかさを、直接触れたように感じることができる。スカートの上から触ったのとはまったく次元が違っていた。

スカートが落ちないようにしっかり摑み、奥へと指をしのばせる。谷間から伝わる熱は、秘処が湿っていることを期待させた。

初めて女体に触れる少年のように、わくわくする思いで指を進める。すると、ショーツ越しに何か固い物が当たった。

——こ、これは……!

村川の指だった。彼女の秘穴に埋め込まれている。しかも、下着の脇からではなく、上から手を入れている。

思わず彼を見ると、無表情のようでいて微かに目が笑っている。

電車内で指を挿入するなんて、妄想の中で何度も昂奮したことが現実に起きている。しかも、自分をリードしてくれると言った旧友が平然とやっているのだ。自分もやれるのかもしれないと期待が大きく膨らんで、高瀬の胸は烈しく昂ぶった。

3

——本当にこんなことができるのか……。

埋め込まれた指の周りを辿ると、羨ましい思いでいっぱいになる。その部分は指とは対照的に軟らかく、隙間なくぴったり包み込んでいる。

かなり蜜が溢れているらしく、下着に染みている。彼女が快楽に充たされていることが、あらためてわかった。

村川は中をぐりぐりさぐっている。あまり深くはなく、入口に近いあたりを刺激しているようだ。

挿入したのは、さっき彼女が大きく俯いたときだろうか。それでトドメを刺したので、高瀬も好きなだけ触れるということでGOサインを出してくれたに違いない。

いままで放っておいたわけではなく、入念に下準備を進めていたということか。

——でも、好きに触るといってもなあ……。

蜜穴を村川に占領された状態で何ができるというのだろう。ワレメを擦ることもできないし、クリトリスも彼の指が邪魔している。

交替してくれるまで待つしかないのかと半ば諦めかけたとき、高瀬はひとつ残っているポイントに気づいた。

——アナルか……。

高瀬はアナルセックスが苦手というか、若い頃に挑戦して巧くできなかったので、それきり興味をなくしている。前戯でもアヌスをいじったりすることはないのだが、いまはとりあえずそこしかなかった。

さがすまでもなく、アヌスに指が触れる。反射的にきゅっとすぼまるさまが、何か生き物に触った瞬間を連想させる。

——出がけに排便はすませただろうな。匂いが指についたりして……。

そんなことを考えながら皺々のすぼまりをいじっていると、ひくつきが断続的に続いた。

抜き挿しを始めた村川の指に反応したというより、アヌスの方が効いたように思えるので、くにくにと揉み込んでみる。すると今度は、双臀全体が強く引き締まった。

明らかにアヌスをいじった結果なので、高瀬は面白くなった。

やはり排便をすませたばかりなのか、それで触られるのが恥ずかしいのか、だったらもっと辱めてやろうか——攻撃的な思いに駆られる自分が意外でもあり、何やら新鮮な気持ちになる。

村川は彼が何をしているか気づいたようで、口元がニヤつくのを堪えている。

高瀬はますます調子づいて、指先で円を描いたり、押してみたり、あからさまな動きで彼女に羞恥を味わわせる。

すると村川が、瞬きを続けて二回した。

——もっとやれって……激しくってことか?

そうしているつもりなので高瀬は戸惑った。あまり激しくやると、周りにバレそうな気がする。

迷っているうちに阿佐ヶ谷に着いてしまったが、乗り降りで体勢が変わる心配はない。高瀬は手をそのままにして、村川も指を挿入したままだった。

走りだすと、再び彼が瞬きをした。

それを高瀬は、下着の中に指を入れろという意味に理解した。生で秘肉に触れるのだと思うと武者震いが起きる。

早速、脇のゴムを潜って侵入すると、想像した以上に濡れていた。蜜穴からアヌスまでべっとりして、村川の指もぬるぬるだ。

――すごい、こんなになってたのか！

高瀬は異様な昂ぶりを覚えた。電車という公共の場で、女の濡れた秘処をいじっている自分が信じられない。ぬめった肉の感触は、あまりにも淫靡で猥褻感たっぷりだ。

しかも、肉びらの両側、アヌスの近くまで秘毛が生えていて、外見の清楚な雰囲気とのギャップが大きい。

洩れ出た蜜を塗りつけるように、皺々のアヌスを揉みまわしてみる。恥ずかしそうに尻がもじもじするので、周りにバレないように股間で強く押しつけると、ペニスが揉まれて気持ちいい。

彼女が感じてくれるのもうれしいことだ。秘穴を村川の指が占拠しているので、仕方なくアヌスをいじったようなものだが、快楽を露わにする反応が高瀬の意識を変えさせたようだ。

尻を揉んで手触りを愉しんだり、ペニスを押しつけて気持ちよくなるだけでなく、女を感じさせることに愉悦を覚えはじめている。

『女を気持よくさせることが大事だ』

そういえば、待ち伏せしながら村川はそんなことを言っていた。欲求に任せてただ触るのではなく、まず女を感じさせることが大切だというのだ。

駅の構内で〝痴漢は犯罪です！〟というポスターをよく目にするが、女が気持ちよくなって満足すれば犯罪ではない、というのが彼の持論らしい。

その話は今日の段取りとは直接関係ないので聞き流していたが、こうして女を感じさせることが自身の悦楽に結びつくことを知って、まさに至言だと思うのだった。

高瀬は彼女にもっと羞恥を味わわせることで、快感を高めてやろうという気になった。それにはすぼまりをただ揉みまわすより、指を突き立ててぐりぐりやる方が効果的だった。肛門に入りそうに感じるのか、彼女はいっそう腰をもじもじさせる。

おかげで高瀬も、ペニスの押しつけに力が入った。硬く張った亀頭が揉み込まれ、えも言われぬ心地よさだ。

夢中でアヌスを攻めるうちに、指の先が本当に埋まりそうになった。蜜のぬめりが思いのほか容易にすぼまりを押し広げたのだ。

しかし、第一関節の半分くらい潜ったところで、彼女がきゅっと閉めてしまう。烈しく羞恥をかき立てられたのだろう、驚くほど力強い引き締めだった。

侵入を阻まれた指が、シャッターの閉じた門前に佇《たたず》む。途中まで潜り込んだから、排便していてもしていなくても、指は臭いかもしれない。いますぐ手を抜いて見せつけるように嗅いでやったら、彼女はどんな顔をするだろう。

いかにも真面目そうで端整な面立ちが羞恥に歪むさまを想像して、高瀬は昂奮を抑えきれない。

見れば村川も堪えきれずにニヤニヤしている。彼女の反応で、アヌスを激しく攻める高瀬に気づいているはずだ。

勢いづいてもう一度指を突き立てる。ぬめりに任せてぐいぐい押し込むと、彼女が腰を捩《よじ》って嫌がった。

――ちょっと待て！　それはマズイだろ……。

反応が大きいのにびっくりして、背中に冷たい汗が滲む。

こんなに嫌がるくらいだから、心底恥ずかしいのだろう。

とたんに村川の表情も厳しくなった。

横の男が気にしてチラッと彼女を見た。

すると村川が、彼女の耳元に顔を寄せて何か囁いた。彼女はこくんと頷いて、俯いていた顔をほんの少し持ち上げる。

——まさか……!?

知り合いみたいな雰囲気に、高瀬は愕然としかかるが、いくら何でもそんなことはあるまいと思い直す。

横の男が興味を失って前に向き直るのを見て、いまのは村川が咄嗟に機転を利かせたのだろうと理解した。

つい調子に乗ってしまって危ういところだったが、頼もしい旧友に救われた。痴漢している相手の女に話しかけるなんて、さすがに慣れたものだと感心させられる。

それから間もなく高円寺に着いた。

高瀬はそれ以降、彼女の反応が大きくならない程度にアヌスをいじり続けた。突き立てさえしなければ腰を振ったりはしないのだ。すぼまりを擦られるのはやはり恥ずかしいらしく、下半身がそわそわしているが、それでも周りが異変を感じるほどではないので続行できた。

村川はというと、最初は素知らぬ顔をしていたのに、いまは彼女を気遣うようなやさしい表情になっている。そうやって周囲の目をごまかすつもりなのだ。

——それはともかくとして、替わってはくれないのか？

アナルを攻めて羞恥を味わわせてしまうと、あとはやはり蜜穴をいじりたい、指を入れたいと、高瀬の願望はそこに行き着く。何としても経験したいという強い気持ちが甦る。

——もうそろそろいいんじゃないか。さっきみたいな迂闊なことはやらないから、頼むよ、早く！

しきりにアイコンタクトを試みるが、村川はなかなか目を合わせてくれなくなった。だんだん焦れてきたので、埋まっている彼の指に触れて、早く替わってほしいとアピールする。

ようやく思いが通じたのは、そろそろ中野駅に到着するという頃だった。

4

濡れた指が占領地から撤退していくのを、高瀬は胸を昂ぶらせて見送った。跡地にはぽっかり穴が空いて、次の侵略者に無防備な姿を晒《さら》している。入れ替わりに彼の指が、巣穴に入る蛇のように、にゅるりと滑り込んだ。

——おおっ、ついにやった！

感動のあまり、全身が震えそうになる。

しとどに濡れた蜜穴は、無数の細かい粒々が敷きつめられ、彼女の身長が高いせいでかなり奥まで侵入を許してくれる。

しかも、入口の肉の輪がきゅっと締まり、まるで抜かないでと言っているみたいだ。

ペニスの挿入感を想像したとたん、尻に押し当てた勃起が脈を打ってしまい、とろりと汁が洩れた。

手首から先だけを使って抜き挿しすると、軟らかな媚肉が吸いつくように密着して、くにょくにょと淫靡に蠢く。やっていることも感触も同じなのに、セックスのときとはまったく違った昂奮が湧き上がる。

彼女はふいに俯いてしまったが、思い直したようにすぐ顔を上げた。耐えるようにくちびるを引き結んでいるのが、頬から顎のあたりの強張った様子から見て取れる。

周りはいつもと同じ通勤電車の光景でありながら、高瀬の指は濡れた蜜穴を出入りしている。その異様さに烈しく昂ぶってしまう。

だが、間もなく中野駅到着のアナウンスが流れて、中断を余儀なくされる。村川が視線を天井に向け、高瀬も目で頷いた。

乗り降りが多く、車内はいったん空いてしまうので、スカートに手を入れたままというわけには行かない。

ドアが開いて乗客が動きだす前に、高瀬は指を引いてスカートから抜け出た。蜜にまみれた指をこっそり見て、〝これぞ痴漢〟という達成感に高揚する。

匂いを確かめたい衝動に駆られ、人目を気にしてちょっと鼻をいじるふりをして嗅いでみる。微かに醱酵したような匂いがして、それがアヌスの恥臭を消しているようだった。

どんどん人が降りて、高瀬と女と村川の間にそれぞれ隙間ができる。彼女が横の手摺りに摑まると、村川はすぐさまその前の、座席とドアの間の三角地帯に移動して、座席に背を向けた。

この状況までは打ち合わせていないので高瀬は迷ったが、彼女の背後から離れるわけにはいかない。とりあえず真後ろに立ったまま、同じ手摺りを握るしかなかった。

すぐに乗車が始まり、波のように人が流れ込んでくる。高瀬は押された勢いで、彼女を村川の目の前に押し出した。意図してやったわけではないが、二人はまた向き合う形で重なる。

高瀬も押されるままに、彼女の横に貼りついた。村川と二人で〝Lの字〟になって彼女をドアに押しつける体勢で、結果的に好都合な状態に収まった。

——この流れを読んでたのか!?

村川が素早く移動したのは、乗客の動きでこうなることを予想してのことだろうか。もしそうなら、さすが自ら常習と言うだけのことはあると、感心せざるをえない。

しかも、これなら自分も前から彼女の秘処に手を入れられる。そこまで考えてくれたのかと、歓んで目を落とすと、村川の手がすでにスカートの中に潜り込んでいた。その手を巧く隠す位置に高瀬が立っている。

――なんて素早いやつだ！

いずれまた交替してくれると思うから、先を越された悔しさはあまりない。それより自分はまた後ろから攻めようと、スカートに手をやる。

彼女の後ろにいるのは太めの若い会社員だった。ドアに向かってへばりつく状態で、ガラスに手を当てて息苦しそうにしている。横の若い女のことなどまったく気にしていない様子だから、手が当たらないように注意していれば問題ないだろう。

高瀬は慎重に、だが二度目なので落ち着いてスカートを手繰る。

彼女は顔を外側に向けて、額をドアと戸袋の角に当てている。それなら大きく俯いてしまうこともないし、二人が壁の役割をして他の乗客からは見えにくくなっているので、さほど周りに気を遣わなくてすみそうだった。

村川は発車前からすでに遠慮なく嬲っているようで、彼女の頰とうなじが恥ずかしげに上気している。

高瀬は再び生下着に触れ、躊躇うことなく脇から侵入していく。短時間のうちにこれだけ大胆になれた自分が誇らしい。アヌスから秘裂へ進んで、卑猥な秘毛とぬめった熟れ肉に再会の挨拶をする。

村川はクリトリスを攻めているらしいので、あらためて蜜穴に入り込んで、細かな粒々の感触を味わった。

何か別の生き物が棲《す》んでいるかのように蠢くさまは、やはり淫靡で素晴らしい。指を動かさずにいると、それがつぶさに感じ取れる。

ときおり、ひくっと強く締まるのは、村川が敏感なポイントを巧みに攻めているからだろう。すぐに抜き差しを始めないで、この卑猥な感触をもう少し味わっていたい。

――なにはともあれ、新宿まではこのまま行ける。慌てることはない。

昴ぶりは続いているのに、頭の中はやけに冷静だ。一度〝生マン〟を経験しただけで、こうも変われるものかと自分でも驚いてしまう。

ペニスは若い頃のように硬くいきり立ったまま。粘液がとろとろ洩れて、ブリーフの内側がまたぬるぬるになっている。

腰を揺らすとそのぬめりが気持ちよくて、初めてのとき車内で射精してしまったことを思い出した。

あれには慌てたが、周りにバレることもなく、すぐにトイレに駆け込んで後始末をした。事なきを得たことで、いまはもう一度あのスリリングな昂奮を味わってもいいなとさえ思う。

股間をぐりぐり押しつけ、指を挿入したまま彼女の尻を引き寄せる。ドアに追いつめているからそんなことをする必要もないのだが、尻を摑んでペニスに擦りつけるような感覚が、やけにエロチックに感じられる。

村川は秘処を攻めながら、空いている手をゆっくり持ち上げて、揃えた指でバストをすりすりやりだした。

とたんに彼女の上体がびくっと反応して、秘穴が指を締めつけた。乳首を的確に捉えているようだ。下と上を同時に攻められて快楽にあえぐさまは、見ていてぞくぞくする。

自分も参戦しようと、じわじわ手を持ち上げてみる。だが、バレないように肘から下だけを動かすのが難しく、途中で村川からストップがかかってしまった。

無理はしないで、蜜穴を攻めることに専念する。さっきの要領で、手首から先だけを使って抜き挿しすると、入口がまた締まった。

湧いてくる蜜をかき出すように肉襞を抉ると、ひくっ、ひくっと痙攣みたいに引き攣った。指を止めても蠢動《しゅんどう》は続くので、村川の攻めと両方に感じているのだろう。

深く抉ったり、入口付近をかきまわしたり、高瀬は高瀬でいろいろやってみる。彼女の腰が微妙にうねりだして、だんだん堪えきれなくなってくる様子だ。

すると、村川が蜜穴付近をうろうろしはじめた。交替をアピールしているらしいので、素直に抜いてまたアヌスに戻る。蜜をぐにゅぐにゅ塗りつけて、皺の隙間にまで浸透させる。

突き立てるふりをすると、それだけで双臀が引き締まった。すぐに引き下がりはするが、意地悪したい気持ちは抑えきれず、またぐりぐり強く押してみる。

村川は小刻みに指を振動させていて、それがアヌスにまで伝わってくる。ちょっと指に触れて確かめると、どうやらGスポットを刺激しているようだ。

高瀬のアナル攻めとあいまって、確実に彼女を快楽の高みに押し上げている。腰のうねりが少しずつ大きくなっていて、股間を強く押しつけてそれを押さえる。

女を気持ちよくさせることが大事だという村川の言葉が、再び脳裡に浮かぶ。高瀬は何とか彼女をイカせたいと思いはじめていた。

5

しばらくアヌスを弄《もてあそ》んでいると、村川がこちらを見ていた。合図はないが、何か言いたそうな顔をしている。

意味を理解できずにいると、目で下を示した。

どうかしたのかと思ってさぐると、蜜穴に彼の指がなかった。

——替わってやるってことか……。

高瀬は目で礼を言って、蜜穴に戻る。

さっきよりさらに溢れていて、ぐちゅっと音が聞こえそうな泥濘状態だった。本当に音が出兼ねないくらい、わざと派手に攪拌してやると、彼女は太腿をぎゅっと閉じて指の動きを阻んだ。

あたかも拒否するような動作だったが、感じすぎて羞恥が露わになっただけだと想像がつく。

太腿とは別に蜜穴の入口も強い収縮で指を締めている。中の軟らかな粘膜が妖しく蠢くのと対照的に、指を食いちぎらんばかりの力強さだ。指を可能な限り捻ってGスポットを擦ると、いっそう激しくわななないた。

躊躇いなく玩弄《がんろう》を続けていると、しばらくクリトリスとバスト攻めに戻っていた村川が、また指に触れて交替を請う。すかさず入れ替わって、アヌスを嬲りにかかる。

少し続けながら頃合いを見て、今度は高瀬が交替をアピールして入れ替わった。どんどん息が合ってきて、素早い交替で絶妙なコンビネーションが生まれると、彼女は〝弄ばれてる感〟が強くなるのだろう、村川の手首を摑んで必死に何かに堪える風情を見せた。体も彼に預けるように傾いて、いまにも額が彼のくちびるに触れそうだ。

痴漢で女を感じさせる面白さが病みつきになりそうだが、高瀬は彼女の様子を見ていて羨ましくなってしまう。

——こっちに寄りかかってくれたって、いいじゃないか!

そんな思いでペニスをぐいぐい押しつける。電車の揺れに合わせてはいるが、増幅させた強さで腰を迫り出している。

ブリーフの内側に付着したぬるぬるが何とも気持ちいい。腰骨の下のやや硬い部分に巧く亀頭が当たるようにすると最高だ。ズボンがシミになってもかまわないとさえ思う。

ぐりっと揉み擦れた瞬間、甘い波動が下腹に広がる。何度も続けると、ちょっと油断した隙にまた射精してしまいそうだ。

秘穴を嬲っている村川に何度目かの交替を求めたときだった。高瀬が挿入すると見るや、いったん抜け出た彼がまた割り込んできた。

——な、なにを……!?

すでに高瀬の指が半分没しかかっているところへ強引に突き立てると、秘孔を割り開いて二本とも埋まってしまった。

とたんに彼女の下半身が硬直する。

二人の指が強力な緊縮に遭う。

入口で強く締めつけながら、中の蠢動もさらに激しく、奥へ奥へと引き込む動きになった。

村川と目が合って、思わずニンマリしてしまう。彼も同じだった。

合図もなしに、二人同時に抜き挿しが始まった。二本の指がくっついたように、一緒になって出たり入ったりする。

——なんだ、この奇妙な感じ……。

痴漢のときに限らず、高瀬は3Pなど経験がないから、他の男と一緒に指を入れるなんて初めてだ。

新鮮な驚きと昂奮が混ざり合って、全身がわなないた。

村川が巧く合わせてくれているおかげで、息の合った抽送が彼女をどんどん高めていく。

ドア側に顔を向けてぐったりしたように見える彼女だが、下半身はびくっ、びくっと断続的に震え、快感を露わにしている。バレないように強く押しつける股間を心地よく揉んでくれる。

やがて、二本刺しのまま彼女の腰が間断なく震えだした。と思った直後、よりいっそうの収縮で指を咥《くわ》え込み、秘奥をひくつかせて全身が硬直した。

——おおおっ、イッたぞ!

高瀬はしばらく続く肉襞の蠢動を、爽快な気分で味わった。

痴漢で女を感じさせることが、これほど素晴らしいとは思いもしなかった。

村川がそれを教える目的で、一緒に痴漢しようと持ちかけたのかどうかはわからない。

だが、いずれにしろ高瀬は、痴漢としてひと皮もふた皮も剝けた。ただ尻を撫でまわすだけで、なかなかその上のステップに進めないもどかしさから、一気に解放された。

これで自分も一人前だという自信がついた。

次は村川と一緒にではなく、自分だけで攻め嬲ってみたい。彼女以外の女に挑戦してみるのもいいかもしれない——希望がどんどん膨らむのを、充ち足りた気分で愉しんでいた。

第五章　耳元の囁き

1

——なに、この人……。

いきなり目の前に割り込んできた男を、奈津実《なつみ》は不審な思いで見た。

五十代後半だろうか、朝から少し疲れた雰囲気を漂わせる会社員で、この強引な割り込み方は、もしやと疑うには充分な不自然さだった。

快速電車が入って来たとき、奈津実はすぐ後ろにいつもの男がいることには気づいていた。

先月、信号機のトラブルで電車が遅れ、超満員になったときに尻を触ってきた男だ。その後もたびたび背後に貼りついて触ってくる。

最初に触られたときのきっかけは、奈津実自身が作ったのかもしれない。

ぎゅう詰めの身動きできない状態で、バッグを放すまいと必死に摑む手が、その男の股間に当たっていた。すぐに気づいたものの、どうにも動かすことができなかった。

次の停車駅までのことだと思っていたら、そのうちに変化が現れた。ぐにゃっとしていたモノがだんだん膨張して、硬くなってきたのだ。

彼女にとって、そんななまなましい感触は本当に久しぶりのことだった。胸がドキドキして体の芯が熱くなり、頭もボーッとしてしまった。

沢城《さわしろ》奈津実は二十八歳のＯＬで、学生時代に性体験をしたきりのセカンドバージンだ。ルックスとスタイルは彼女自身もまあまあ自信を持っているが、真面目な性格とプライドが邪魔をして、男にチヤホヤされることがあまりない。

たまに言い寄ってくる男がいても、下心が見え見えなので、彼女はとてもそんな気にはなれない。結果として、異性に縁がない生活が長く続いてしまった。

だが、オナニーは週三～四回していて、愛用のローターとディルドゥは欠かせない。品行方正と皆に思われていながら、淫らな妄想を膨らませて秘部をいじりまわす。そんな自分を蔑《さげす》むことで、奈津実は言い知れぬ昂奮にひたっている。

そのときもバッグを握り直すふりをして、硬くなっていく男の感触を確かめ、いやらしい女だと自分を卑《いや》しめることで気持ちを昂ぶらせた。

停車駅でいったんぎゅう詰め状態が解かれるときも、股間から手が離れるのが惜しくて、わざとゆっくり離したのだった。

男は初老の生真面目そうな会社員だったが、そのあと背中にぴったり貼りついてきて、硬いモノを押しつけ、ヒップを触りはじめた。慣れた痴漢でないのはすぐにわかったので、自分が挑発したようなものだと思い、ますます蔑む気持ちを強くした。

拒まずにいると、男はとうとう手のひらで触りだした。おずおずした手つきが、かえって奈津実を昂奮させた。真面目な男を誑《たら》し込む性悪女の気分を想像してみたのだ。

男はさほど露骨な触り方もしないで、新宿駅で山手線に乗り換える彼女を追って来ることもなかった。

ところが、その後もときどき吉祥寺のホームで遭遇して、そのたびに奈津実に近づき、一緒に乗り込んで触ってくる。

手つきは相変わらずで、いつか大胆な行為に及ぶかもしれない可能性をまったく感じさせない。だから放置していたのだが、奈津実は何となく物足りないものを感じるようになった。

そして、ふと気がつくと、もっと露骨に激しくやられることを想像している自分がいるのだった。

今日もその男が後ろにいるなと思って乗り込んだところ、目の前に別の男が強引に割り込んできて向かい合わせになった。

——なに、この人……。

不審な思いと同時に、ある期待が芽生えた。

その強引さは、痴漢をやり慣れている男のものという気がして、後ろの男と違って大胆に触ってくる予感がしたのだ。

前後からがっちり挟まれる形だったが、そうなると後ろにいるいつもの男はどうでもよくなった。どうせただ触るだけでおしまいだとわかっているから、奈津実は正面の男の動きに注目した。

すると予感した通り、すぐに前に手を触れてきて、こんもりした丘から谷に落ち込むあたりをスッと撫でた。

スカートの上からひと撫でしただけなのに、クリトリスを的確に捉えられ、電流が走ったように奈津実の腰が引けた。夏物の薄い生地は、直接下着に触られているのとほとんど変わらない。

男は続いて秘丘を軽くすりすりしはじめた。

——やっぱり慣れてるんだ。このタッチ、けっこう気持ちいいかも……。

期待感が急速に膨らんで、頬が熱くなった。奈津実は俯いて、男の指に神経を集中させた。

彼女はこれまでも何度となく痴漢に遭っているが、スカートの中まで手を入れられたことはない。この男だったらそこまでされてもいいかな、と思わせる巧みな手つきだった。

しばらくすると、後ろの男がいつになく荒い手つきでヒップを揉みはじめた。

——えっ？　なに……!?

妙な様子に奈津実は戸惑った。その男がこんな遠慮のない、荒々しい触り方をすることはいままでなかった。

どうもおかしいと首を捻ったら、前と後ろをがっちり固められていることで何となく状況がわかってきた。

——グルなんだ、この二人……。ということは、後ろの人が教えた？　触っても拒否できないって？

もしかすると、痴漢されたがっている女に見られたのかもしれない。その可能性が彼女の屈折した欲望を刺激した。

奈津実は背筋がぞくぞくして、秘めやかな部分が熱くなった。前後で挟み込んで好き放題に触るつもりなのだと確信すると、後ろの男はともかくとして、正面の巧みな手つきがどれだけ気持ちよくしてくれるのか、期待がどんどん膨らんでしまう。

だが、その男は秘丘をそろそろと撫でまわすばかりで、せっかく敏感なクリトリスに近づいても、また離れてしまう。さっきは一瞬で見事に捉えたのに、それきりなかなか触れてこない。

最初に触れたのが偶然だったというわけではない。ぎりぎりまで近づいておいて離れるのは、正確にクリトリスの位置を把握している証拠だ。

遠慮しているわけでもなく、大胆にやる勇気がないというのでもない。明らかに焦らしているのだ。

奈津実は肩透かしを食うたびに下腹の奥が燻《くすぶ》って、しだいに堪えきれなくなってきた。次こそはと思って待ちかまえているせいか、触れられもしないのに、なぜか快感が走ったように下半身がびくっとしてしまう。

さんざん焦らした挙げ句、男はようやくクリトリスに触れた。とたんに甘い衝撃が彼女の下半身を襲い、奥からとろっと蜜が洩れた。

それから男は攻めに転じ、躊躇いもなくスカートを手繰って手を入れてきた。敏感な突起を擦りまわし、心地よい波動が下腹全体に広がる。期待はしていたが、実際に下着越しに触られるとさすがに恥ずかしく、頭にカーッと血が上ってしまった。

男の指使いは強くもなく弱くもなく、まるでオナニーしているような彼女好みのタッチだ。しかも電車内という公共の場では快感が何倍にも増幅する。指先を小刻みに震わせて巧みにバイブレーションを送り込まれると、一気に波が高まった。

奈津実の体から力が抜け、男に寄りかかってしまった。周囲の乗客に変に思われないか、気にしている余裕すらなくなっていた。

男の指はとうとうショーツの中に侵入してきた。その予感はあったが、秘処を直接触られると、全身の血が沸き立つように熱くなった。

濡れているのはわかっていたが、男の指でぬらぬらこねられて、思っていた以上に夥《おびただ》しいのに驚かされた。奈津実の羞恥心に火がついて、指を挿入されたときはもう何も考えられなくなっていた。

2

——えっ、また!?

吉祥寺駅で快速東京行きに乗車したとたん、沢城奈津実は目の前に立った初老の男を見て愕然とした。

先週の痴漢だというのはすぐにわかった。いつもの男の仲間で、正面から触ってきた。さんざん焦らすように秘丘を撫でまわしてから、一転して激しく攻めてきた手慣れた痴漢だ。

奈津実は感じるツボを巧みにいじられ、ぐしょぐしょに濡らしてしまい、最後は後ろの男と同時に指を入れられてアクメに達した。

いつも触ってくる男では物足りなくて、露骨な痴漢を期待するところがあったから、そのときは鮮烈な快感を味わってしばらくボーッとしてしまった。

ところがあとになって、痴漢の異様な行為でイッてしまった自分が恥ずかしくなり、翌日から乗車時間を早めて避けることにした。

それにもかかわらず、男は抜け目なく見つけて一緒に乗り込んだ。改札かどこかで待ち伏せしていたのだろうと思い、奈津実は後ろを確認したが、いつもの男はいなかった。

それでどこか安堵するところがあって、目をつけられたのは仕方ない、諦めようと、もう一人の奈津実が囁きかけてくる。

また正面で向き合ったまま満員の乗客に埋まると、奈津実は胸のドキドキが止まらなくなった。

今日は少し高いヒールを履いているから、痴漢の指が奥の方まで届くのではないか——ついそんなことまで考えてしまい、まだ触られてもいないのに、巧みに這いまわる指の感触が甦って、早くも下腹の奥がうずうずしてきた。

ところが、男は発車しても両腕をだらりと下げたまま、奈津実に指ひとつ触れていない。今度は触らないで焦らすつもりかと、彼女は訝った。

すると、秘丘にむにっと肉の塊が押し当たった。

——こ、これは……。

棒状のそれは結構なボリュームだが、あまり硬くない。普段の状態がこれだとすると、勃起したらどうなるのか。奈津実は想像するだけで内腿の合わせ目がじんわり熱くなった。

ヒップに硬いモノを押しつけられることはよくあるが、そんなふうに恥骨に押しつけられるのは初めてだった。

男は電車の揺れに合わせて、腰を揺らしはじめた。奈津実のこんもり高い秘丘が、点と点を突き合わせるように肉棒に当たっている。その状態でぐりぐり圧迫されるのは、何とも卑猥な感じでいやらしい。

恥骨で感じる肉棒はしだいに硬く、太くなっていった。いつもの男とは比較にならないくらい逞しい。

奈津実は最初にそのいつもの男の股間に拳が当たったことを思い出し、この立派な肉の塊にも手を触れてみたくなった。

いつの間にか、彼女自身も揺れに合わせて腰をゆらゆらさせていた。ふとそれに気がつくと、電車が揺れるのだから仕方ないと自分に言い訳をした。

男が股間をぐっと突き出して、卑猥な圧迫感がさらに強まると、奈津実もそれに応えるように腰を迫り出した。まるで催眠術にかかったみたいに素直な反応だった。

お互いが腰を突き出して、恥骨と肉棒が強く揉み合わさっている。ちょっと奇妙な感じだが、この上なく猥褻な触感だ。奈津実は進んで痴漢に協力している自分を蔑み、いっそう気持ちを昂ぶらせた。

ふいに男が太腿に手を触れた、と思ったら、体ごとじわじわ横にずれていく。硬くなった肉棒が恥骨から逸《そ》れて、鼠蹊部から太腿のあたりに移動すると、太腿に触れた手は逆に、鼠蹊《そけい》部を経て恥骨に迫る。

ようやく秘丘に到達すると、奈津実は懐かしいものに再会したような不思議な感覚に囚《とら》われた。

先週、二本の指でイカされたあとに感じた恥辱的な自己嫌悪は、すでにどこかに消えてしまい、露骨な指使いを密かに期待していたときの気持ちに近いものがあった。

小高い丘の上を、男の指がゆっくり這いまわる。触れるか触れないかの絶妙なタッチは、スカートの上からでも充分気持ちよくて、奈津実はしだいにうっとりしてきた。

だが、彼はいつまでも丘の上に留まったまま、なかなか谷間を窺う気配を見せない。谷の途中の敏感な芽を早くいじってほしいのに、そんなことはまるで考えていない素振りで、悠然と散策している。

奈津実はまた焦らされるような気がしてきた。いったんそう思ってしまうともう駄目で、早く先へ進んでくれないかと焦れったさばかりがつのる。

彼女はこういう状況にとても弱く、焦らされたり気持ちを弄ばれていると感じると、それだけで秘処が潤んでしまう。

早く触ってほしいと願いながら、逆にもっと焦らされることを想像して昂ぶりにますます拍車がかかる。

下腹の奥が熱く燻ってきて、奈津実は腰をもじもじさせた。それが彼の逸物をぐにっと揉むことになり、あらためてその存在感に圧倒された。

肉棒も灼《や》けるように熱く、硬い。昂奮しているのは明らかなのに、先に進もうとしないのは、弄虐の気持ちが強いからかもしれない。そういう男に目をつけられたのかと思うと、奈津実は妙に胸が騒いだ。

ようやく動きがあったのは、荻窪を出てからだった。

スカートをゆっくり手繰って、男の手が入ってきた。

丘の円みを撫でまわして秘毛のざらつきを確認すると、さらに下をさぐる。肉の芽をすっと撫でた瞬間、甘い痺れが走って腰がびくっと震えた。慌てて身を固くするが、横の人が少し気にした程度で事なきを得た。

男はクリトリスを揉みさすって、なおも甘美な刺激を送り込んでくる。

奈津実は急激に高まる快楽に身を委《ゆだ》ね、息をあえがせた。頬が上気するのを感じて俯くと、耳元で男が囁いた。

「そんなに俯くと周りにバレるじゃないか」

奈津実はハッとなって顔を上げた。

「そうそう、それでいい」

先週も同じように囁かれ、最初はこっそり注意したのかと思ったが、そうではなかった。知り合いのように見せることで、痴漢の疑いをかけられまいとしているのだ。

おかげで奈津実の体が少々動いたくらいでは、周囲の目を気にすることもないのだが、逆の見方をすれば、それだけ露骨な指使いができるということだ。

いきなりクリトリスを嬲りはじめたのは、そういう考えなのだろうと奈津実は思った。

ところが、彼女が急激に高まったのを見透かすように、男はクリトリスを擦るのをやめてしまった。しばらく待っても指は止まったままだ。

ところが、手を離したのではなく、触れたままの状態で動きを止めているから、車両が揺れるおかげで微かに擦れてはいる。

奈津実はもっと揺れてくれることを期待したが、なかなか思う通りにはならず、とうとう自分で腰を動かして、彼の指に秘部を擦りつけてしまった。

――なんて恥ずかしいことを……。

浅ましいことだと羞じても、そうせずにはいられない。ちょうどクリトリスの位置に指先があって、巧妙な誘い水になっているのだ。

彼女は男の狙い通りに玩弄されていることを意識した。普段、会社で見せているプライドは欠片《かけら》もない。それなのに、なぜか妙に心地よいものを感じてしまうのだった。

3

「いやらしい女だな、自分から擦りつけるのかよ」

そう仕向けておきながら、男は吐き捨てるように小声で言い、奈津実の羞恥を煽った。

だが、彼女は腰の動きを止められない。言われてやめるのはかえって恥ずかしいが、続けていれば羞恥も麻痺するような気がするのだ。

電車はさらに混んでぴったり密着した状態だが、揺れに合わせていれば変に思われることはない。いざとなったら男が知り合いのような態度で周囲を欺いてくれるだろうと、奈津実は期待した。

夢中でクリトリスを擦りつけていると、太腿に触れている肉の棒がますます硬くなっていく。彼女はそのすぐ近くに自分の手があることにふと気がついた。触れているのはおそらく鼠蹊部で、ほんの少しずれるだけで肉棒に接触する。

いったん意識してしまうと、そのことが頭から離れなくなった。腰はまだ動いているが、ほとんど惰性《だせい》に近くなって、頭の中はもう逞しいペニスのことでいっぱいだ。

接触寸前、ぎりぎりの位置だから、電車がぐらっと揺れたら間違いなく触れてしまうだろう。

そんなことを考えていると、突然、肉棒が手の甲に当たった。奈津実はそのつもりなどなかったが、勝手に手が動いてしまったのか、あるいは男がわざとそうしたのかもしれない。

——すごい……大きい！

手で触れたことで、硬さも量感もよりはっきりした。いつもの人には悪いが、あれでは比較の対象にすらならないと思う。それくらい立派な逸物で、その存在感に圧倒された。

男性のズボンも夏物はすごく生地が薄い。奈津実はそんな当たり前のことを、あらためて知った。

棒状の表面の円みや、大きく張った先端の段差までが、ただ触れているだけでリアルに感じ取れた。

——触ってみたい……。

手が当たった瞬間の衝撃はすぐに治まって、もっときちんと触れたり握ったりしてみたいという欲求が高まってくる。

そんな浅ましいことはできないと否定する一方で、バッグを持っている方ではないから手は自由になると思ってしまう。

すると、何かに操られるように手の甲が向きを変え、親指と人差し指が肉棒の両側に納まった。奈津実が指の腹に意識を集中させると、ほんのわずか力が入っただけで太さも硬さもしっかり確認できた。

それとともに、浅ましいことをしているという意識も強くなった。痴漢の指でイッてしまうだけでなく、痴女に成り下がった自分を頭に描いて、烈しい昂奮に襲われた。

だが、それ以上のことはなかなかできない。本音を言えば、ぎゅっと摘んだり、手のひらを押し当てたりしてみたいのだが、そこまで露骨にする勇気はさすがにない。

指先で逞しいペニスを感じながら、奈津実はしだいに悶々とした気分に陥っていった。

ふいに男に手を摑まれてドキッとした。

『こいつ、痴女ですよ！』

大声で叫ばれるかと思って息を詰めるが、もちろん痴漢がそんなことをするはずはない。彼はいかにも親密そうに握って手のひらをペニスに向けさせると、上からそっと押さえ込んだ。

「あっ……」

奈津実は驚いて声を洩らしてしまい、慌てて呑み込んだ。

と同時に、硬い幹はごつごつしている、と思った。かなりビックリしている割には、その感触がしっかり頭に入ってくる。

彼は押さえたまま上下に軽く擦らせた。

朝の通勤電車でペニスを揉んでいる、その異様さにドキドキする。無理やりやらされているのだから仕方ない、というエクスキューズが浮かび、しだいに手触りを愉しめるようになる。

だが、実際にはそれほど強引に手を押さえつけられているわけではなく、むしろ軽く上から添えられているだけにすぎなかった。

亀頭の出っ張りは思っていた以上に大きい。手のひらと甲では、こんなに感覚が違うのかと思い、奈津実はさらに神経を研ぎ澄ます。

上下に擦っているのに、幹の表皮の弛《ゆる》みが少しも感じられない。それで彼女の脳裡に、パソコンに保存してあるペニスの画像が思い浮かんだ。

アダルトサイトで見つけた無修正画像だが、完全に皮が剝けきって、見事に反り返った巨根だ。

日本人男性でもこんなに立派なペニスをぶら下げているのかと感心させられ、オナニーするときにたまに開いて妄想しているのだが、そのイメージと指先の感触がシンクロして、秘裂がじわっと潤んだ。

その直後、ふいに彼が手を離し、何かと思って奈津実の手も止まった。

すると、もう一度上から押さえて擦らせてから、また手が離れた。

——そ、そんな……。

男は奈津実に自分でやるように促している。

それでは無理やりという言い訳が成り立たないと、彼女は烈しい羞恥に苛《さいな》まれた。だが、プライドを完全に打ち砕かれることを、どこかで望んでいるような気もしていた。

おずおずと手を動かしてみると、学生時代、初体験のときに年上のカレに触られ、揉んでみてと言われた記憶が甦った。性体験はあの頃だけで、以来この手触りには縁がなかった。

いったん自分で擦りはじめると、久しぶりのなまなましい感触を愉しむ気持ちがまた湧いてきた。幹の太さ硬さはもちろんのこと、亀頭の出っ張りに執心して、すりすりさすする手に熱が籠もっていく。

「気持ちいいよ。おねえちゃん、いじるの好きそうだな」

率直に言われてドキッとした。

奈津実は答える代わりに軽く握ってみた。

すると硬い肉棒がひくっと脈打ちした。そのままさすったり、少し強く握ったりすると、反りがいっそう強まった。

彼は本当に気持ちいいようで、耳元にかかる吐息が深くなった。

奈津実はそれがうれしくて、揉んでいる手にますます気持ちが籠もる。久しぶりに触れて満足するだけでなく、この人に気持ちよくなってほしいとさえ思いはじめていた。

最初、強引にやらされたことなど、すっかり頭から消えていた。

実際に触る機会がなかっただけで、オナニーのときはよくペニスを触ったりしゃぶったりするイメージでやっていた。コレが好きなのは間違いないと、名前も知らない男に奈津実は同意していた。

少し手を下げると、二つのタマに届いた。ころんとした手触りは、初めて経験するものだった。

指の先で慎重に感触を確かめると、ペニス全体がひくっと大きく脈を打った。

そろりそろりと撫でているうちに、反った幹がまたさらに硬くなる。タマも感じるらしいとわかって、奈津実はいっそう熱心に撫で続けた。

男の手が再び小高い丘の上を這いだした。

ゆっくりさすりながら谷を窺っているが、焦らされ通しだったさっきまでとは、手つきが何となく違っている。

奈津実はそれがペニスを揉んでいるお返しのように思えた。

彼はすぐに敏感な突起をさぐり、ぐるぐる円を描いた。少し中断していたとは思えないほど秘裂は潤みきっていて、花びらが歪むと、にちゃっと音が聞こえそうな気さえした。

4

みるみる快感が高まって、ペニスを揉む手がつい疎かになってしまう。

彼はさらに膣口まで進み、下着がたっぷり蜜を吸っているのを確認すると、いったん戻ってウエストの方から手を入れた。

先週と同じやり方で、そうされると奈津実はもう逃げようがない感じがする。

手のひらでヘアを擦られ、指で花びらをこねられ、一帯が熱を帯びてとろとろに溶けてしまいそうだ。

「びしょ濡れじゃないか。なんだよ、これ……ほら……」

彼は耳元で囁きながら、濡れた花びらを強く捩って、ぬるぬる感を確認してみせる。

「いやらしいなぁ……なんだこれ……」

花びらの内側も外側もいじりまくりながら、同じ言葉を繰り返している。

そのうちに、あっさり指を埋め込んだ。突き入れたふうではなく、いじってるうちに滑って入ってしまった、というさり気なさだった。

ところが、いったん入ってしまうと、彼は好き放題に抉りまわし、Gスポットにバイブレーションを送り込んだ。

奈津実はくちびるを咬んで、声が洩れるのを必死に堪えている。

何とかペニスを揉み続けようと思っても、無駄な努力だった。官能の高まりで腰が動いてしまわないように我慢するのが精一杯で、ペニスはただ握るだけになった。

「ぐちょぐちょだな……」

ねっとりした囁きが、嘲笑《あざわら》うように耳に降りかかった。

奈津実はとうとう堪えきれず、腰をくねらせてしまった。

彼は手を止めて、耳元でふっと囁った。

中に指を入れたままだが、高まった快楽の波が小休止で少しは落ち着きそうだ。

ところが、彼は新たな動きに出て、空いている手をゆっくり持ち上げる。密着密着した二人の体に隠れて、這うようにじわじわ上がってくる。

――あっ、また……。

先週もやられたので、バストをいじるのだと奈津実はすぐにわかった。考えただけで乳首が、じんと痺れてしまう。

Dカップのバストに手が届くと、彼は揃えた指の背でトップをすりすり擦った。硬く尖った乳首に、微かな刺激が心地よい。埋まった指もまた蠢いて、上と下で甘い波動が同時に湧き起こった。

やられるばかりでなく、少しはやり返そうと思い、奈津実は握った肉棒をまた揉みはじめた。

たぶん亀頭とタマが気持ちいいはずだが、一度には無理なので交互に行ったり来たりする。手首に近いあたりで亀頭を揉み、下がって今度は指先でタマを擦る。肛門付近まで届くので、二つのタマ全体をカバーすることができる。

爪の先で掻くように擦ると、彼の太腿に力が入り、膣内の指が止まった。バストをいじる動きも鈍くなった。

明らかに感じているとわかって、奈津実はうれしくなった。

亀頭を揉み込んではタマ裏を掻き、また亀頭に戻ってぐりぐりやる。

すると彼も指の出し入れを再開した。深く抉ったり、浅いところをこねまわしたり、激しくはないが心地よく刺激した。

バストは乳首の位置を確認して集中的に攻めてきた。軽く擦るのはもうやめて、指先でつんつん弾いたり、押し込んだりする。

強く摘《つま》んでもみもみされると、電流が背中へ突き抜けるような衝撃が気持ちいい。奈津実は肉棒をぎゅっと握ったまま固まって、官能の高まりを露わにしてしまった。

すると彼は、いっそう果敢な攻めに出た。指だけでいじるのをやめて、バストを摑んで揉みしだく。乳首は揉みながら摘んだり弾いたり、器用に嬲られてますます尖り立った。

奈津実はペニスを握ったまま、身を強張らせるばかり。彼を気持ちよくさせようという余裕はもうなくなった。

乳房への攻めが少し穏やかになると、今度は膣の中の指が暴れだした。緩やかに出入りしていたのが急に速まって、深々と攪拌しはじめた。

ぬめった摩擦感が気持ちよくて、ぬちゃっ、にちゃっと淫らな音が、奈津実の頭の中で盛大に響いた。本当に聞こえてはいないかと、彼女は気が気でない。

いったん指が引き抜かれ、二本になって戻って来た。膣口がぐわっと広げられ、易々《やすやす》と侵入を許してしまう。

前と後ろから同時に指を入れられた先週の感覚が甦る。一緒にアクメの記憶まで連れて来て、また通勤電車内でイカされる予感が奈津実の脳裡をよぎった。

二本になったとたん、関節が膣口を出入りする感覚がやけに鮮烈で、いかにも異物が通過している感じだ。

だが、膣口は強く締まってそれを放すまいとする。何やら異物を好んで迎え入れているみたいだ。

膣洞もぴったり締めつけていて、指の出入りに合わせて揺さぶられ、持って行かれたり押し込まれたりといった感じがなまなましい。

彼女が自分の細い指でするのとはまったく違うが、ディルドゥでしているときの感覚に似ている。

動きが激しくなるにつれ、膣全体が大きく揺さぶられる。握った太い肉棒でやられているイメージが浮んで、快感が一気に加速した。

——ああ、気持いい……。

思わず声が出そうになって、奈津実は慌てた。

彼は手を緩めようとはせず、なおも激しく突き入れた。奥深くまで埋め込んで、粘膜をかき出すように入口付近まで擦り通す。

深いストロークでスピードアップされると、奈津実は腰が震えないように抑えるのが難しくなった。

——もうイキそう……あっ、ダメ……イクッ！

痺れるように甘美な電流が背筋を貫いて、全身が強張った。車内が真っ白に見えて、頭の中まで空っぽになったように感じる。

硬直が数秒間続いた後で急に力が抜け、奈津実はふうっと大きく息を吐いた。

ちょうど電車が中野駅のホームに入るところだった。

5

停車してドアが開いたとたん、多くの乗客がそちらに流れていく。

アクメ直後で魂が抜けたような奈津実は、踏ん張る力もなく押し流される。横の中年会社員がいまの異変に気づいたらしく、不審のまなざしで一緒にドアに向かう。

だが、すかさず彼が奈津実の二の腕に手を回して二人連れを装うと、中年会社員は何も言わずに階段の方へ歩いていった。

平然とそんな対応をした彼のことを、手慣れた痴漢だと奈津実はつい感心した。次の新宿までは乗車時間が長いから、たっぷり嬲られるだろう。そんな予感で胸が騒いだ。

アクメの余韻はなかなか消えそうになく、二本の指を入れられている感覚がまだ秘処に残っている。

乗車が始まると、奈津実は彼がどのタイミングで乗るつもりかを横目で窺った。すっかりその気になっている自分を、少しも変だとは思わなかった。

だが、彼はなかなか乗ろうとしない。車内がいっぱいになりそうで、奈津実の足が思わず前に出かかると、さり気なくスカートのウエストを摘んで止めた。

どうやら最後の方に乗るらしい。連れではなく他人のままで通すつもりだというのもわかった。

結局、二人が乗ったのはぎりぎり最後で、横並びになって目の前のドアにへばりついた。

だが、少しだけお互いの方を向いた〝へ〟の字のような体勢なので、二人の前には隙間ができている。彼がそう仕向けたので、奈津実は楽に手を使うために隙間を作ったのだと理解した。

案の定、発車すると同時に、横から彼の手が伸びてきた。背後からは完全に死角なので、堂々とバストに手を被せて揉みあやし、わざといやらしい手つきをしてみせる。

すぐ後ろに人が立っているから、見えないとわかっていてもスリル満点だ。ちょっと揺れて二人に隙間ができれば、触られているのが丸見えになってしまう。奈津実は絶対に隙間を作らないように、彼にぴったり寄り添った。

もちろん、横揺れでのけ反って、ドアから離れてしまうのも危険だ。それに備えて、前傾でドアに寄りかかっていなければならない。

そうやって注意してさえいれば、何をしてもバレない気がする。奈津実は額をドアに触れそうなくらい近づけて、横の人の視線も完全にシャットアウトした。

それがあからさまな触り方をする手助けになって、彼は下から搾り上げるように揉んだり、鷲掴みにしたり、セックスの前戯そのものといった奔放な手つきで揉みしだく。

ブラウスのボタンが二つ外され、ブラジャーの上から揉まれると、本当にこれからセックスするみたいな気分になる。

——次は、直に触られて……。

彼は奈津実の想像した通り、カップをめくって乳首を直にいじりはじめた。

「んっ……」

甘い痺れが走って声が洩れてしまい、奈津実は息を詰めて押し殺した。

それでも彼は摘んだり転がしたり、平然と乳首を弄ぶ。アクメの余韻がまだ残っているせいで、すぐに官能の高波が襲って来た。

呼吸が荒くなるので、思いきりドアに寄りかかってあえぎを抑えるが、彼は嘲笑うように乳首をきゅっと強く捻った。

鋭い快感が湧き起こり、体が震えそうになる。くちびるを咬んで堪えると、乳首を強く摘んだまま転がされ、引っ張られる。端整なお椀型の乳房がカップからはみ出し、尖った円錐形に変形してしまう。

だが、これでもかという弄虐が、言い知れぬ陶酔感をもたらした。無惨に変形する乳房を見て、奈津実はなぜかうっとりしてしまい、もっと辱められる自分を想像した。

秘処は熱く潤んだまま、蜜液が下着にねっとり染み出している。エジプト綿のショーツは穿き心地がよくて奈津実のお気に入りだが、淫らな汁でごわごわになりそうだ。

乳首を攻められて快感にあえぎながらも、秘処がお留守になっているのが奈津実はやるせない。はしたないこととは思いつつ、自分で指を這わせずにはいられなかった。

こっそりスカートをめくってショーツの中をさぐると、花びらが夥しい淫蜜にまみれて口を開けていた。敏感な芽も莢から顔を出して、ぽつんとわずかに膨らんでいる。

直に蜜を塗りつけると気持ちよすぎて声が出そうなので、莢の上からマイルドにいじりまわした。彼が弄んでいる乳首とクリトリスが直結の回路で繋がり、電流のような快美感が鋭く往復する。

アクメの名残を留める蜜穴にも指が向いて、真似をして二本挿入してみる。だが、やはり細くて物足りず、この体勢ではGスポットにも届かない。

またクリトリスに戻って揉みまわしながら、彼の指弄に乳房を委ねる。もし彼の顔が耳元で囁けるくらい近くにあれば、『いやらしい女だ』とか『自分でいじってるのかよ』などと吐き捨ててくれるのにと、奈津実は思った。が、実際に彼がしたのは、奈津実の手を摑んで自慰をやめさせることだった。どうしてかと訝ると、その手を股間に導いた。勝手なことをしてないで、オレのを触れということだ。

奈津実の脳裡に〝奉仕〟の二文字が浮かんだ。跪《ひざまず》いてするのが似合いそうな言葉だ。この場では無理だが、それをイメージしながら肉棒を擦り、とにかく気持ちよくしてあげなければと懸命になった。

さっきの向かい合う体勢より、亀頭をいじりやすい。手のひらで揉むだけだったのが、指で刺激したり感触を確かめることができるようになった。

幹を辿って、ぷくっと膨れた亀頭冠に触れた。張り出して見事な段になっているのを擦って確認すると、さらに裏側の感じやすいといわれるポイントをすりすりしたり、亀頭全体を五本の指で包んで硬さと大きさを測ってみたりした。

どれも気持ちいいらしく、その都度ペニスはむくっ、むくっと蠢いた。

横目で見ると、彼の口元に満足そうな笑みが浮かんでいる。気をよくした奈津実は、さらにタマにも指を這わせて、亀頭と交互に刺激を加え続ける。

すると彼は、おもむろにジッパーを下ろした。

——えっ、なに……!?

思わぬ事態に狼狽えていると、彼は下着をごそごそやって、ペニスを摑み出してしまった。

まさか車内でペニスを露出させるとは思いもしなかったが、誰にも見られていないから、生で出しても大丈夫だろう。

奈津実は聳《そそ》り立つ肉棒から目を離すことができず、まじまじと見つめた。ほぼ真上から見下ろす角度なので、幹の部分との段差は目視できないが、とにかく亀頭が大きい。

赤黒く変色して、いかにも使い込んだ道具という風情だ。唯一、学生時代に生で見た先輩のそれは、ピンクの色味を残した淡い褐色だったから、大人と子供くらいの差がありそうだ。

しかも、指二本分より遥かに太い。

挿入される瞬間を想像してみるが、感覚をイメージするのは難しい。とにかく、指二本とは比較にならない圧倒的な量感で押し入ってくるはずだから、気が遠くなりそうだ。

彼はもう一度奈津実の手を引き寄せた。だが、生ペニスに触れる寸前で手を離した。おかげで彼女は、自分から触るしかなくなった。

〝触らずに見ているだけ〟という選択肢は最初から存在しないが、さすがに生で触るのは少し躊躇する。

口の中に唾が溜まり、呑み込むとごくっと大きな音がした。

恥ずかしさを堪えて、亀頭に触れてみる。熱を持った肉の塊は、奈津実の手のひらにかろうじて収まるくらい大きい。軽くにぎにぎしてみると、呼吸のような、脈拍のような、生きている息吹が伝わってきた。

『しごいてくれよ。やってみたいんだろ?』

どこからかそんな声が聞こえてきた。

奈津実は幹の部分を摑んで、しごいてみる。やりにくい角度だし、そもそも慣れていないのだが、手首のスナップを利かせるようにすると少しスムーズにできるようになった。

生で触っていると、脈動して硬くなったり反りが強まるのがよくわかった。

少しの間しごくのを止め、ぎゅっと握って触感を味わうと、見ず知らずの痴漢のモノなのに、恋人の逸物に触れている心持ちがした。

よく見ると先端から透明な汁が滲み出ている。確かカウパー腺液という名称だったと奈津実は憶えている。ぬるっとした潤滑液らしいので、花蜜をクリトリスにまぶすのと同じだと思い、亀頭に塗りつけてみた。

すると幹がひくっと蠢いて、亀頭がひと回り大きくなった。

——気持ちいいんだ……。

ぬめった亀頭を五本の指で摘んで擦ると、彼がそわそわしはじめた。くるっと捻ったり、上下に擦ったり、いろいろやってみると、反りがさらに強まって潤滑液がまた洩れて出た。

すると彼が再びバストに分け入って、乳首を嬲りはじめた。くりくり転がされ、捻られ、ぴんと弾かれる。

いきなり強めに玩弄されて、ぞくぞくっと快感が高まった。甘美な電流が乳首から秘部へ直結して、奈津実も奥から溢れてきた。

乳首攻めはさらに激しくなり、ぐいっと引っ張られると、のけ反ってしまいそうな快美感に襲われる。下半身の力が抜けていく感じがして、ドアに肩と額を当てて体を支えるしかない。

ペニスをいじるのも覚束《おぼつか》なくて、強く握ったり緩めたりといったことしかできない。それも意図してではなく、乳首の快感の度合いによって、手が勝手に動いてしまうにすぎない。

車内アナウンスで、新宿到着と乗り換えホームの案内が始まった。

そこで彼がスパートをかけ、小刻みなバイブレーションと強い捻りが交互に繰り返される。

奈津実はペニスを握ったまま、急激な快感の高まりに身を任せた。

大きな横揺れが来た瞬間、乳首をぎゅっと抓《つね》られて、甘い衝撃に襲われた。目の前に白い霞がかかり、全身が硬直する。反射的にペニスをぎゅっと強く握り締めていた。

それを彼に振り解《ほど》かれるのと、電車が新宿駅のホームに滑り込むのがほぼ同時だった。

奈津実は我に返って、急いでブラウスのボタンを留める。

アクメの余韻はしばらく消えずに、彼女の中でたゆたい続けていた。

第六章　車掌室の前で

1

元宮和樹は珍しく、仕事帰りに派遣仲間数人と食事してから家路に就いた。少し酒が入って微酔《ほろ》い気分だ。

京王井の頭線渋谷駅の改札手前まで来たとき、前を歩いている女性にふと目が留まった。

「あれは……」

咄嗟に名前が出てこないが、以前、池袋にある外食チェーンの本部でアルバイトをしていたときに世話になった人だ。

ルックスは美形だが、けっこうプライドが高そうなので、プライベートで付き合いたくなるようなタイプではなかった。性格が真面目ということもあってか、男性社員が気安い感じで話しかけているところも見た記憶がない。

歳は確か二つ三つ下だったが、正社員とアルバイトの関係だから、和樹も丁寧な言葉遣いで接していた。

だが、美形に加えてスタイルが抜群なので、仕事中にこっそり眺めては下着姿や裸体を想像していた。特につんと突き出たヒップが魅力的で、うっすら下着のラインが浮き出ていたりすると最高だった。

いまは短いキュロットでラインは見えないが、パンティはハイレグが好みらしいということも知っているので、超能力者さながらに透視イメージが浮かぶ。ぷりぷり揺れるヒップに、V字のラインが規則的に歪んでいるに違いない。

バストはCかDくらいあって、揉み心地がよさそうだと思っていつも見ていたが、そういう関係になる可能性はゼロなので、あくまでも妄想の材料としてだ。

「沢城さんだ。下は……奈津実だっけ」

ようやく名前が出てすっきりした。

「声かけてみようか……」

久しぶりに見かけてちょっと懐かしいし、もう社員とバイトではないから、気兼ねなく話ができそうな気がする。

沢城奈津実が停車している急行吉祥寺行きに向かうのを確かめて、和樹は歩を速めた。

最後尾のドアから乗ろうとする彼女に追いついて、一緒に乗り込む。

「どうも、お久しぶりです」

軽く会釈した彼を、奈津実はキョトンと見ている。

「以前、アルバイトでお世話になってたんですけど、憶えていらっしゃいませんか。三年くらい前ですけど」

「ええと……」

「元宮です。元宮和樹」

「ああ、元宮さん。しばらくね」

久しぶりに間近で見る彼女は、やはり綺麗だ。ショートカットがすごく似合っていて、引き締まった口元が知性を感じさせる。

雰囲気が人妻課長の中森美鈴に近いことに気がついて、妙に親しみを覚えてしまう。美鈴ほど彫りは深くなく、和風美人の顔立ちだが、見た目でも気が強そうなところがよく似ているのだ。

美鈴が痴漢テクをいろいろ仕込んでくれたおかげで、和樹は一人前の痴漢マニアに成長した。肉体関係には発展していないが、いまもときどき埼京線で痴漢プレイを愉しんでいる。

そんなことは奈津実とは関係ないのに、雰囲気が似ていると思うだけでバイト時代よりずっと話しやすい。

「沢城さん、井の頭線でしたっけ?」

「ううん、いつもは中央線。去年、吉祥寺に引っ越したんだけど、今日は渋谷で食事したから、これで帰ろうと思って」

「へえ、ボクも吉祥寺ですよ」

「そうだったの。奇遇ね」

和樹は彼女が少し変わったように感じた。どことなく色っぽさが加わっているように思う。

——男ができたのか?

プライドが高そうな奈津実と付き合うのはどういう男なのか、想像しようとすると、やはり裸でからみ合っている場面が浮かんでしまう。そのへんは相変わらずの和樹だった。

「いま、仕事はどうしてるの?」

「食品会社で働いてます。ハケンなんですけど」

「でも、よかったじゃない。アルバイトよりずっといいでしょ」

「ええ、まあ……」

　そういう話題だと、どうしてもかつての正社員とバイトという関係を意識してしまう。

「引っ越したっていうのは、もしかして苗字が変わったとかですか？」

「だったらいいんだけど、そういう話は全然……」

奈津実はまるで他人事のように首を振る。

——男じゃないのか……。

色っぽくなった理由がいまひとつわからないが、シャツから胸の谷間がチラつくのを間近に見せられると、思いきり揉みしだいてアヘアへ言わせたい欲求に駆られる。

そんな気持ちを押し隠して近況を話しているうちに、車内はずいぶん混んできた。和樹は押されて、奈津実の体に触れそうなくらい接近する。

「混んできましたね」

「そうね……」

改札に近い後ろの車両は、発車時刻が迫るにつれてどんどん混雑する。通勤通学のラッシュ時間はとうに過ぎているが、それでも急行は満員になるはずだ。奈津実はそれを知らずに最後尾のドアから乗ったのかもしれない。

発車のサイン音が響いて、駆け込み乗車が始まる。

――ちょっと面白いことになるかも……。

和樹は後ろから押されて仕方なく、といった具合に奈津実を奥のドアに追いつめる。慣れてきた手口で、もうこれくらいは容易にできる。

「ボクと同じ頃にバイトしてたやつで、武村《たけむら》っていたでしょ」

「えっ……ああ、そう……いたわね」

奈津実は話が上の空になってきた。この混雑ぶりに戸惑っているに違いない。

「あいつとこの前、ばったり会ったんですよ」

「そ、そうなの……」

ドアが閉まる寸前、和樹はぴったり密着して、奈津実の太腿に股間を押し当てた。甘美な圧迫感がペニスから下腹全体に広がる。

「あっ、す、すみません」

いかにも申し訳なさそうに詫びると、奈津実は何も言わずに頷いた。当たっているモノを充分に意識しているはずだ。

電車が動きだすと、股間が揉まれるようにさり気なく腰を揺らす。

ペニスはじわじわ力を漲《みなぎ》らせ、ほどなく芯が通ってきた。

「ちょっと……困ったな、これ……」

困惑した声音を作ると、ドアに当てた手を突っ張って、何とかして隙間を空ける、ふりだけをした。

奈津実は俯き加減で押し黙っている。こういうときこそ、彼女のプライドが前面に出てきておかしくないと思うが、体を捩るとかして、この状況から何とか逃れようという様子はない。

それどころか、頬と目の周りがうっすら紅く色づいて、艶っぽい表情になってきた。

——これはいいぞ！

彼女の意外な反応に、和樹はますます活気づいた。

車両の揺れに合わせて腰を揺り動かしていた和樹は、後ろから強く押されたふりをして、股間をぐいっと突き出す。

2

「あっ……」

いかにも虚を衝かれたような声を洩らし、

「ご、ごめんなさい……」

申し訳なさそうに、小声で詫びる。

奈津実は黙ったまま、さっきよりも小さく頷いた。

硬くなったペニスが彼女の腰骨の下あたりでぐりぐり揉まれ、いっそういきり立ってきた。和樹はそわそわ落ち着かない素振りをしてみせるが、内心はしっかり痴漢行為を愉しんでいる。

何しろ相手はバイト時代、こっそり眺めてはいやらしい想像ばかりしていた美形のOLだ。プライドが高そうな彼女に、あからさまに勃起を押しつけているのだからたまらない。

近くの乗客がチラチラ和樹を見ている。二人が知り合いだとわかっているから、彼らの目には、男の生理現象が起きて和樹が困惑しているように映っているはずだ。中には面白がっている人もいるかもしれない。

周りに気づかれていながら、堂々とペニスを押しつけられるなんて、滅多にない幸運に、痺れるほど昂ぶりを覚える。

——やむをえない状況なんだから、怒るわけにもいかないよな！

調子に乗って、亀頭部分から睾丸まで、ペニス全体を当ててぐにぐにやる。怒張の長さと硬さを、彼女はしっかり感じているはずだ。

俯き加減は変わらないが、頬をさらに上気させて、くちびるをうっすら開いている。息が荒くなっているのかもしれない。

——もしかして、沢城さん、昂奮してる？

何となくそんな気がしてきた。

いくら仕方ない状況とはいえ、勃起したペニスがこれだけ露骨に触れているのだから、淫らな気分になってもおかしくはないだろう。

和樹はますます勢いづいて、彼女の両脚の間に太腿を割り込ませる。恥骨が腿に当たり、小高い円みがリアルに伝わってくる。

強く押しつけて揺らめかせると、硬い丘の表面が微かに撓《たわ》むように感じられる。

——恥骨マッサージだな。クリも感じてくれるといいけど……。

和樹も黙っているので、会話が途切れてしまった二人を他の乗客はどう思っているのか。きっと想像を逞しくしている人もいるだろう。

少し揺れが大きくなると、そのタイミングを逃さず、さらに深く脚を割り込ませる。じわじわ続けるうちに、奈津実の脚の間に完全にはめ込むことができた。

これを彼女が偶然、もしくはやむをえないことと考えるには、少々無理がある。にもかかわらず、彼女の表情に不審の色は窺えない。

やはり感じてしまって抵抗できないのだろうと思い、それを確かめてみることにした。

割り込ませた足の踵を上げて、爪先立ちのようにすると、秘丘のより下側に腿が当たった。巧くするとクリトリスを刺激できる。

明らかに意図的な行為とわかるが、それでも奈津実は拒む様子を見せなかった。

やはり思った通りだと、和樹は快哉を叫んだ。

足首を使って腿を上下させ、さらに刺激を送り込む。とたんに奈津実の両脚がぎゅっと締まって、腿を挟み込んだ。拒んでいるようでもあり、感じてしまったようでもあった。

かまわずに続けると、彼女の両脚からだんだん力が抜けていく。と思ったら、また急に締めつけたりする。

――気持ちいいんだ！

やはり間違いないと確信して、さらに露骨な攻めを考える。

短いキュロットだったから手を入れるのは容易だが、いつものようにじっくり焦らすように攻めたい。そこで和樹は、恥骨を刺激しながら、先にバストを狙うことにした。

横の人にバレないように注意しながら、慎重に手を持ち上げると、彼女はすぐに意図を察して身を強張らせた。

躊躇わずに続けると、下乳に触れた。さらに緊張が走って上半身がびくっと震えた。

和樹もヒヤッとしたが、横の人はすでに関心を失ったらしく、こちらを見ようともしなかった。

――沢城さんのオッパイ……なんて柔らかいんだ！

下から指で押すと、ぷにぷにして気持ちいい。手触りからすると、見た目以上に大きそうだ。

できれば摑んで揉みまわしたいところだが、こうも密着していては手首を返すのは不可能だから、指の背を当ててすりすり撫でまわす。

それでも柔媚な感触は申し分なく、奈津実に羞恥を味わわせるにも充分だ。下からぐいと持ち上げたり、トップを狙って擦ったり、見えないところで好き放題にいじりまわす。

ブラジャーのカップは薄いようで、何となく硬い突起が指に触れる。そこを集中的にいじると、感触はさらにはっきりした。

摘めそうなので試しにやってみると、奈津実が肩を竦《すく》ませた。強く摘んだり、機械のツマミをいじるように揉みまわすうちに、彼女の呼吸が荒くなる。肩に当たる息が熱く、深いものに変わった。

『ただ触って満足するのではなく、女性を気持ちよくさせなければならない』

人妻上司の美鈴に教え込まれたことを、和樹はずっと実践してきた。奈津実も間違いなく感じている。

だが、それだけでは何となく物足りなくて、もっと嬲ったり、辱めたい欲求に駆られてしまう。

健気に堪える奈津実の様子が、元々彼女に抱いていたイメージと違うせいで、意地悪い気持ちになっているのかもしれない。そのあたりは、見ず知らずの女性に触るのとは微妙に違う。

彼女は胸元のゆったりしたシャツを着ているが、その二番目のボタンを外して指をしのばせる。いざというときに、それだとバレにくいからだ。

ブラのカップに指をかけて中をさぐると、ぽちっと硬い果実に触れた。

奈津実も今度は心の準備ができていたのか、身動《みじろ》ぎひとつしなかった。生乳首をくりくり転がしても、じっと堪えている。

和樹はますます意地悪したくなり、乳首をぎゅっと強く摘んだり捻ったりしてみたが、それでも彼女は耐えている。

密着した体から、息をあえがせているのは伝わってくるが、それ以外は極力動きを抑えようとしているようだ。

そろそろ下北沢の駅が近いので、和樹はもう少し攻められるか、それともやめておくべきかを思案した。

下北沢は小田急線との連絡駅で、最後尾は乗り換えの階段のそばだから、大勢の乗り降りがある。いったん車内が空いてしまい、位置取りと体勢がリセットされるため、それまでにやれることが限られるのだ。

とりあえず、キュロットの中に手を入れるのは待とうと思い、乳首いじりと恥骨攻めだけに留めることにした。

乳首に気持ちが行っていたせいで、恥骨の方が少し疎かになっていたようだ。腿を当てただけで、ほとんど押したり揺らしたりをしていなかった。

むしろ奈津実が自分から圧迫感を強めている感が強く、再び腿を上下させて刺激を送り込むと、応えるように押しつけてきた。

和樹はさらに腰を揺らしてペニスを気持ちよくする。硬い肉の塊は、彼女の腰骨の下で揉まれ、柔らかな尻とはまた違った快感が生まれる。擦れるというより、当たっている感覚が妙に気持ちいい。

思わず腰を突き出すと、ペニスがずるっと横に外れてしまった。

だが、横側から圧迫されるのも意外にいいもので、すりすりやると新たな快感に力が漲ってくる。

ふいに奈津実の手が触れた。

ペニスの裏側にそっと触れるだけだが、揺れて偶然当たったというわけではない。ずっと触れたままだから、明らかに意図してやっていることだ。

――沢城さん！　そんなことしちゃうのか!!

奈津実は相変わらず頬を上気させ、熱に浮かされたようだ。

和樹は恥骨に押しつけるのも乳首をいじるのもやめて、触れている彼女の手に全神経を集中させる。

ほんの軽く接触しているだけで、ふと強まりそうな気配を見せるものの、それだけで終わってしまう。躊躇う気持ちがありありだ。

和樹は手を取ってしっかり触らせたい衝動に駆られたが、奈津実が自分でする方が昂奮させられるだろうと思い留まる。

だが、そうなる前に下北沢に到着してしまった――。

3

小田急線に乗り換えたり、渋谷で駆け込み乗車した人が前の車両に移動したりで、立っている乗客は大勢が降りてしまった。

周りがいったんガラガラになったので、密着状態をいったん解いた。

「いやいや、まいった。すごい混みようだったね。ああ、でもまたいっぱい乗ってくるよ」

白々しいことを口にすると、奈津実はチラッと上目になって、すがるように和樹を見た。羞じらいと困惑が入り混じった、何とも頼りなさげなまなざし。

——なんだよ、それ……そんな顔、見たことないぞ！

露骨な乳首攻めにじっと耐えていた様子が頭に浮かび、もしかすると、沢城奈津実は実はMではないかと思ってしまう。

再び満員になる前に、親密なカップルを装うつもりで肩を抱き寄せると、奈津実はされるままに寄り添った。

これなら彼女がぐったり寄りかかっても変に思われないし、何か淫らな行為を疑う人がいても、カップルだと思えばかえって目を逸らしてくれるだろう。

期待した通り、乗り込んできた人は皆、二人を見るなり無視する様子。すぐに車内は満杯になって、まるで二人だけの空間ができたようだ。

これで思う存分愉しめると和樹はほくそ笑んで、奈津実の耳元にそっと囁きかける。

「沢城さんが、チ〇ポ触ってくれるなんてねぇ……」

美鈴に初めて痴漢指導を受けたとき、いやらしい言葉を囁かれて昂奮した。あれを自分もやってみるのだ。

奈津実は恥ずかしくて俯いてしまうだろう、そう予想していたが、意外にも彼女はまた和樹を見て、泣きそうに顔を歪めた。

やはりMなのかと、疑いを強くする。

「もっと触ってみたいんじゃないの？　いいよ、遠慮なんかしなくても」

奈津実はくちびるを引き結んで、視線を真下に落とした。が、触るのを躊躇っている。あからさまな言い方をされたので、恥ずかしいに違いない。

それでも彼女の太腿にペニスを押しつけて呼び水にすると、おずおずと触れてきた。ほんの軽く接触しただけだが、手のひらを向けている。和樹はそれだけで昂ぶってしまう。

「そうそう、チ○ポ触るならそうでなくちゃ。じゃあ、ボクも気持ちよくしてもらっちゃおうかな」

和樹は自分のしゃべりに酔っている。バイトの頃は、美人でプライドの高い奈津実に近寄りがたいものを感じていたのに、いまは完全に上からものを言っている。しかも、自然に羞恥を煽る口調になるのだ。

軽く触れたまま考え込む様子の奈津実だったが、そろりそろりと勃起を撫ではじめた。

とても遠慮がちなのに、指の先はタマの裏側までさすっていて、もう少しでアヌスの位置に届きそうだ。心許ないような微かなタッチが、かえってぞくぞくさせる。

「ううっ……気持ちいいよ、沢城さん……」

電車の中で奈津実にこんなことをしてもらうなんて、夢を見ているみたいだ。

しだいに動きが大きくなって、亀頭からタマの裏までペニス全体をカバーできた。弱々しい手つきは相変わらずで、まだ躊躇いが消えきっていないのだろうが、何だか焦らされているみたいだと思うと、いっそう気持ちが昂ぶる。

和樹も秘丘に手を伸ばして、最初は触れるか触れないかの微妙なタッチで撫でさする。こういう手順もすっかり手慣れたものだ。

「沢城さんのアソコは、きっとびしょびしょだよね」

熱い息を耳元にかけると、奈津実はすぐさま首を振った。否定したのではなく、羞恥でいやいやをしただけだろう。この様子で濡れていないわけがない。

「じゃあ、確かめちゃおうかな……」

キュロットを手繰って裾に指をかける。すぐ中に潜らせるかと見せかけて、焦らすように間を置くと、奈津実がたまらずペニスを握り込んだ。

「んっ……」

気持ちよくて声を洩らすと、彼女はすぐに緩めてしまう。

「なんでやめちゃうの？　握ったままでいいのに」

和樹は指を侵入させ、パンティの底をさぐる。

予想通り、ぐっしょり湿っている。濡れ具合を確認しながら、わざと何も言わないでいると、奈津実は肉棒をぎゅっと握って、せつなげな吐息を洩らした。

してやったりの和樹は、パンティの脇から指を侵入させる。夥しい蜜で濡れそぼつ肉びらが迎えてくれ、ぐにゅっとぬめって蜜穴へと誘い込む。

「なんだ、これ……ぐっちょぐちょだね！」

小声で吐き捨てると、奈津実は身を強張らせ、さらに強く握り締める。ペニスは歓喜の悲鳴を上げ、とろっと粘液が洩れた。

「……うわっ！　……おおおっ！」

肉びらをこねまわし、蜜をかきまわして、わざとらしく感嘆の言葉だけを彼女に浴びせる。敏感な肉真珠を揉みあやすと、奈津実の強張りが増して、腰がくねった。

一人二人の乗客にはバレたようで、〝なんだこいつら〟といった嫌悪の視線を向けてくるが、すぐに目を背けてしまうので好都合だ。

和樹は盛んに指を使い、溢れる蜜をこねまくる。下着も指もべとべとになって、秘めやかな肉も泥濘状態でぬめりまくっている。

蜜の源泉をさぐって指を進めると、にゅるっと滑っていとも簡単に埋没してしまった。内壁は無数の細かい粒々を敷きつめたような手触りだ。指をぴったり包み込み、軽く抜き挿《さ》しするだけで妖しく締めつけてくる。

「いやらしいな。動いてるよ、ほら……わざとやってる?」

抽送を深くして奥まで抉ると、軟らかな媚肉がくにょくにょと卑猥に蠢いた。奈津実は体重を預けたまま俯いてしまい、断続的に腰をくねらせて、快感の高まりを正直に告げる。

和樹は抜き挿しに強弱をつけつつ、さらに激しくしていった。次の明大前に着くと、大勢が新宿からの京王線に乗り換えるので、最後部の車両は一気に空いてしまう。それが頭にあった。

奈津実はすっかり快楽に酔い、ペニスを握っただけでどうこうする余裕もない。せっかくのチャンスなのでもったいないが、彼女をアクメまで押し上げることが最優先だ。

いったん指を抜いてクリトリスを擦りまわし、再び戻って今度は指を二本にして攪拌する。奈津実は腰がわななくのを懸命に堪えているが、蜜穴とクリトリスを交互に攻め続けると、太腿をぎゅっと締めてきた。

締めたり緩まったりが繰り返されるうちに、その間隔が狭まって、ようやく頂上が見えてきた。

「いいですよ、イッちゃって……満員電車でイッちゃってください」

「んっ……んんんっ……！」

奈津実はくちびるを咬んで呻きを堪えようとするが、ままならない。蜜穴の入口の緊縮感が半端なく、指を摑んで放すまいという勢いだ。

いっそう激しい抽送でスパートをかけた直後、強烈な締めつけとともに、奥の方が小刻みに震え、奈津実の体が硬直した。

数秒で固まりは解けたが、肉襞はしばらく蠢動を続けている。和樹は指を深く埋めたまま、淫靡な蠢きを堪能した。

間もなく電車は明大前のホームに滑り込んだ。

和樹は素早く指を抜いてパンティを整え、キュロットの乱れも急いで直した。

それが痴漢のエチケットだと美鈴から教えられたのだが、彼の方はペニスがまだいきり立ったままで、恨めしそうに粘液を洩らし続けていた。

4

車内は一気に空いて、二人は座席に着くことができた。

痴漢されてアクメに達した直後だけに、奈津実は羞恥が極まった様子だ。

和樹は蜜でべっとり濡れた二本の指をしみじみ眺める。

「すごく気持ちよさそうだったね」

「やめてっ！」

奈津実がその指を摑んで隠す。

握られたまま放っておくと、彼女もずっとそのままでいる。本当に親密なカップルになった気分だ。

だが、その一方で取り残されたように所在ないのが、盛り上がった股間の逸物だ。勃起が続いて、痛いような疼くような妙な感覚だ。

自然に手が股間に行き、すりすりしてみる。車内を見渡せば、座っている人は多くなく、座席にけっこう隙間がある。

次の停車駅はすぐ隣で、あっと言う間に到着して、さらに人が少なくなった。

ぐっすり寝込んだ人もけっこういて、これくらいなら何食わぬ顔でこっそり続きをやれるかもしれない。

「ボクのはまだ途中なんだ」

股間の隆起に奈津実の手を引き寄せると、車内を見渡して猛烈な拒否反応を見せる。冗談じゃないといった激しい抵抗だった。

ところが、諦めかけたところで、奈津実が彼の左隣から右隣に移動した。そして、自分から股間に手を載せてきた。

「えっ？　……なるほど、そういうことか」

和樹はすぐさま彼女の意図を理解した。

二人は最後尾の車両の最も後方に座っているが、奈津実が手前側に移ったことで、和樹の股間を触っても、他の人の目から隠すことができる。そのために彼女は、尻が落ちそうなほど浅く腰かけている。

だが、車掌室からは見えそうなので、彼女が座っていた隅の席にずれて深く座り直した。座席の端のボードが衝立《ついたて》の代わりになるので、彼の股間は車掌室からも死角に入った。

「びっくりしたわよ、あんなことするなんて」

「でも、イッたじゃないか。気持ちよかったでしょ」

「やめてよ、そんな……」

乾ききっていない指をもう一度見せるふりをして、奈津実を慌てさせた。

ただの悪戯だとわかって彼を睨みつけるが、もっこりした股間は揉みあやしてくれる。

手のひらで縦に擦ったり、横に揉んだり、あるいは爪を立ててタマを掻くように擦ったり、いろいろなバリエーションで愛撫する。

「気持ちいいなぁ……チ○ポいじるの、好きそうだよね」

「そんなこと言うと、やってあげないわよ」

口調とは裏腹に、彼女の手つきはだんだん熱が籠もってくる。本当にペニスを触るのが好きそうだ。

「直接いじっても平気じゃないかな」

「そ、それはちょっと……いくらなんでも……」

死角だから大丈夫と思ってジッパーを下げようとすると、奈津実は急に声をうわずらせて彼の手を止める。さすがにそれは他の乗客の目を気にしないわけには行かないということか。

だが、しっかり揉んでくれている。ペニスはいっそう力を漲らせ、隆々とズボンを突き上げている。

「でも、このままじゃ生殺し状態だ。やっぱり、出すものはちゃんと出しておかないと」

「そんな、無理なこと言わないでちょうだい」

「じゃあ、せめてこっちを……」

奈津実の尻の下に手を差し入れると、腰を浮かせて協力してくれる。キュロットの裾に指を潜らせ、パンティの脇から侵入すると、手を踏みつけるように尻を下ろした。

だが、いったん潜り込んでしまえば、指を動かすだけでかなりのことはできる。秘肉もまだ乾いておらず、ぬめぬめをかき分けるのも容易だ。

座席に腰を下ろしたままお互いを触り合うのは、スリリングで愉しい。周りに気づかれないと思っても、満員電車とは違った緊張感が漂っている。

「電車の中だってのに、いやらしいことしてるね」

「さっきの方が酷《ひど》かったでしょ。これくらいなら……」

「どうってことないって？」

〝そうは言ってないわ〟とひとり言のように言い、ペニスだけでなく、鼠蹊部から内腿にも手を這わせる。

和樹も肉芽をさぐったり、秘裂を擦ったり、いろいろやってみるが、いつまでも生殺し状態が続くことに変わりはなかった。

そうやって相互愛撫で時間は過ぎて、最後の停車駅である久我山に着くとガラガラになった。終点の吉祥寺まで乗る人も、発車すると次々に前方の車両へ移動する。

この最後部は、吉祥寺の改札からは最も遠いので、終点到着前にどんどん前に移ろうというわけだ。

残ったのは和樹たちの他に五人。酔っているのか、いずれもぐっすり寝込んでいる。

「もう、誰も見る人はいないね」

和樹はジッパーを下ろし、ベルトまで外してペニスを摑み出した。

明るい照明の下に晒された肉棒は、逞しく反り返り、洩れた粘液が亀頭に付着している。

「こんなに硬い……」

肉棒を握って、奈津実はしみじみと言う。

細い指がしっとり竿にからみついた感触は、何とも言えない心地よさだ。オナニー小僧の自分の手指とは、天と地ほどの開きがある。

奈津実がゆるゆるしごきはじめると、天使の摩擦感が和樹を魅了する。

「ああ、いい気持ち……たまんないよ、ああっ……」

「すごい……根元がガチガチ！」

「だって、気持ちいいんだ、沢城さんの手」

ゆっくりしごきながら、タマをすりすり愛撫する。ズボンの上からも気持ちよかったが、生で嚢皮の皺をくすぐられると、背筋がぞくっと痺れてペニスが脈を打った。

「これ、気持ちいいんでしょ」

洩れ出た透明な粘液を亀頭に濡られ、鋭い快感が走った。

「うっ！　そ、それは……気持ちよすぎ……」

思わず呻いてしまい、慌てて車内を見渡した。皆、ぐっすり寝込んでいるとはいえ、突然目を醒まさないとも限らない。車内を警戒しながら奈津実にペニスを委ねると、いっそうスリリングな気分が高まる。

亀頭を握られると、ぬめりが快感を高めてくれて、さらに潤滑液が増える。竿の方にも垂れて、しごきがいっそうスムーズになった。

「……舐めて、くれないか」

積年の願望を口にしたが、ドキドキして声がうわずってしまった。

奈津実はしごいていた手を止めた。

「いくらなんでも、それは……」

戸惑いを露わにして、車掌室の方を気にしている。

いくら股間が死角だといっても、彼女が屈んで顔を埋めたりすれば、車掌が不審に思って様子を見に来るかもしれない。

だが、高まってしまった欲求はいかんともしがたい。ここまで来て射精しないですませるのは、あまりにも殺生だ。

かといって無理をしたら、とんでもないことになりかねない。公共の場での猥褻行為を咎められ、下手をすれば警察沙汰だ。

高まる快楽の行き場が見当たらなくて、和樹はただ焦れるばかりだった。

5

それから二十分後、二人はホテルにチェックインした。

終点の吉祥寺で下車しても、お互いが熱いものを燻らせたままだと感じて、和樹が勇気を出して誘ったのだ。

女性に対する押しの弱さが災いして、好機を逸し続けてきた彼が、ついに素人童貞を脱するときが来た。

和樹は穿いていたものをすべて脱ぎ捨てて、ベッドに腰を下ろした。ペニスはまだ萎みきらずに半立ちの状態を保っている。

「あの……座らないで、立ってもらっていいですか」

奈津実が頬を上気させ、恥ずかしげに言った。

和樹が立ち上がると、その前に跪いて突き出されたペニスにそっと手を添え、おずおずとくちびるを近づける。

躊躇いがちに咥えると、口内粘膜のぬめりと温もりが亀頭を包み込み、心地よい充足感でいっぱいになった。

「こんな恰好でしゃぶってもらえるなんて……」

仁王立ちの和樹は、昂奮を隠せない。彼女が着衣のままだから、まるでメイドに奉仕させているような気分だ。彼女の頭がゆっくり動きはじめると、フェラチオの実感がひしひし湧いてきた。

ところが、意外なことに、あまり巧くない。ただ咥えて前後にスライドしているだけで、舌が動いていないし、吸引力もない。手指で気持ちよくしてくれたのとはあまりにも対照的だ。

和樹がしゃぶってもらったのは風俗ギャルだけだから、テクニックを単純に比較するわけにはいかないが、それを差し引いても奈津実のフェラは巧くない、というより下手だ。

「巧くできなくて、ごめんなさい」

しばらく続けてからペニスを吐き出し、含羞の目で和樹を見る。こんなしおらしい奈津実は初めてだ。

「経験ないの……」

「えっ⁉」

「こういうの、ほとんど経験がないのと一緒なの」

奈津実は意外なことを打ち明けた。セックス経験は学生時代に少しあっただけで、セカンドバージンだというのだ。確かに男性社員にチヤホヤされるところなどは見たことがないが、こんな美人でずっと経験無しとは思わなかった。

「実はボクも……」

ずっと素人童貞なのだとカミングアウトすると、奈津実も意外そうな顔をした。まじまじと見つめ合っているうちに、とびきりの幸運に恵まれたような感動と、猛然と沸き立つ欲望がない交ぜになって、和樹の胸を烈しく突き上げた。

「……沢城さん！　ああ、沢城さん……」

何の言葉も見つからず、ただ彼女の名を口走りながら抱きつくと、夢中でくちびるを重ねる。柔らかな感触をゆっくり味わう余裕もなく、奈津実の着ているものを急《せ》かすように脱がせ、自分もシャツを脱いで全裸になった。

雪崩れ込むようにベッドに上がり、秘裂に指を忍ばせる。新たな蜜で肉びらはぬめりきっている。両脚を大きく広げさせると、ぱっくり口を開いて鮮やかなピンクの粘膜を曝《さら》け出した。

「すっげぇ……！」

感動の声を上げると、奈津実は両手で顔を覆って、いやいやをする。だが、脚を閉じようとはせず、濡れた淫部を曝したままだ。

秘毛は肉びらの両脇を縁取るように肛門の近くまでびっしり生えている。和風美人の顔立ちとのギャップが卑猥で、綺麗なピンクの粘膜とも落差が大きい。

「いやらしいな、沢城さんのアソコ……」

和樹は正直な感想を口にして、躊躇いもなく顔を埋めた。

「あっ……あああんっ！」

奈津実の甲高い声を聞きながら、蜜にまみれた淫肉を舐める。醱酵したような乳酪臭とともに、微かな酸味が舌を刺激した。

小さな白っぽい芽を莢から剝き出して、舌先でちろちろ弾くと、奈津実が腰をくねらせ、鼻にかかった甘い声を上げる。腰が暴れないようにがっちり押さえ、可憐な突起を舐め続ける。

「……ああん、いっ……いっ……！」

奈津実は頭を起こして和樹が舐めているところを見つめると、再び顔を覆ってしゃくり上げる。

和樹はさらに溝を下って肛門にも舌を這わせる。すぼまりの皺に染み込んだ蜜をかき出すように、さかんに舌を使う。奈津実の腰が波を打って躍り、和樹も必死に食らいついて嬲りつくした。

肉びらはさらに厚ぼったくなって、内側から迫り出すように口を開いている。花蜜は白っぽくなり、粘着感も増してきた。

「……い、入れるよ」

和樹は昂ぶりに衝き動かされ、奈津実にのしかかった。ペニスを握って秘処にあてがうと、奈津実が官能の桜色に頬を染めて頷いた。

だが、亀頭がぬめった肉に突き当たって、行く手を阻まれる。

──落ち着け……落ち着け……。

呪文を唱えながら、蜜穴の位置をさがして何度か突っつくと、亀頭がわずかな窪みにはまる感じがした。そのまま腰を押しつけると、ぬわっと肉の輪を割り開いた。

「ああっ……！」

密着する熱い粘膜を潜って奥まで突き入れると、奈津実が甘い声を洩らし、くいっとペニスを締めつけた。内壁は細かな粒がびっしりと敷きつめられ、ペニスを奥へ誘い込むように蠢いている。

和樹は本能のままに突き込んで、深々と抉った。蠢動がさらに強まって、入口もいっそうの緊縮を見せる。柔媚な摩擦感が何とも言えず気持ちいい。

「沢城さん、いやらしい……ひくひく動いてるよ、ほら……」

「ああ、いやぁ……だめぇ……」

和樹は腰を振りながら、お椀型の端整なバストに伸ばした。電車の中では摑みたくてもできなかったから、鷲摑みにして思いきり揉みしだく。ボリュームたっぷりの乳房が歪んで、指の間からむにゅっと零《こぼ》れ出る。

蕩けそうな顔であえぐ奈津実を見ていると、もっと乱れさせたくて、腰遣いがどんどん激しくなる。深いストロークで突き込むたびに、淫らな濡れ音が響くようになった。

「いやらしい音がしてるよ、ほら……聞こえる？」

「いやぁ……そんなこと言わないで……ああ、いやぁ……」

奈津実は弓なりにのけ反って激しく首を振る。

和樹は射精欲の高まりを感じて、一気にスパートをかける。

「イクよ……沢城さん、イクよぉ……」

「いいわ……ああん、いっ……いっ……」

奈津実が全身をくねらせるのを覆い被さって押さえ込み、猛然と腰を振る。

ペニスが強く撓って、亀頭がさらに膨らむ。射精欲が急激に上昇し、トドメの突き込みで目も眩む快感に襲われた。ペニスが大きく脈を打ち、熱い塊《かたまり》が二度、三度、四度と噴き出す。

「ああ、だめ……いっ……いくっ……いくぅ！」

直後に秘穴がペニスを強く締めつけた。奥の方まで激しく蠢動して、精液を一滴残らず搾り取る。

奈津実は放心したように虚《うつ》ろな目を天井に向けているが、妖しい蠢動はまだ止まらない。和樹は中に留まって、快楽の余韻とともに彼女の媚肉の感触をたっぷり味わった。

◎書き下ろし

二見文庫

人妻《ひとづま》痴《ち》漢電車《かんでんしゃ》

著者 深草潤一《ふかくさじゅんいち》

発行所 株式会社 二見書房
東京都千代田区三崎町2-18-11
電話 03(3515)2311［営業］
03(3515)2313［編集］
振替 00170-4-2639

印刷 株式会社 堀内印刷所
製本 株式会社 村上製本所

落丁・乱丁本はお取り替えいたします。
定価は、カバーに表示してあります。

ISBN978-4-576-13111-5
http://www.futami.co.jp/

二見文庫の既刊本

誘惑痴漢電車

FUKAKUSA,Junichi
深草潤一

閑職に左遷された部長・神谷は、ある日電車で女性のヒップに股間が当たり新鮮な感覚を覚えた。最初は手の甲で触れ、そのうちに手のひらで触りたい衝動が抑えきれなくなり、手首を返す。初めての行為に昂奮した彼は、翌日から様々な体験を重ねてゆくが、車内で意外な人物と遭遇することになり――。書き下ろしエンターテインメント官能！

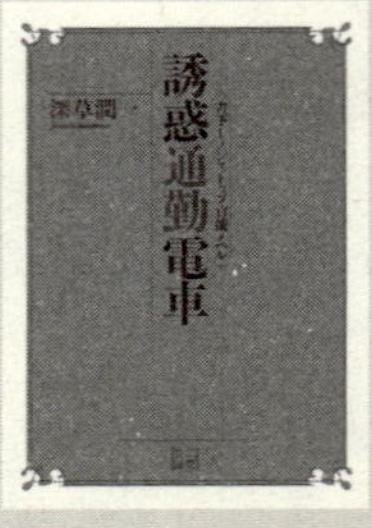